HISTORIAS BREVES PARA LEER

Nivel elemental

Joaquín Masoliver

SOCIEDAD GENERAL ESPAÑOLA DE LIBRERÍA, S. A.

Primera edición 2000
Quinta edición 2004

Producción: SGEL-Educación

ISBN: 84-7143-825-9
Depósito Legal: M. 28.332-2004
Impreso en España - Printed in Spain

Cubierta: M.ª Ángeles Maldonado
Ilustraciones: AZUL Comunicación
             M. A. Maldonado

Composición e impresión: NUEVA IMPRENTA, S. A.
Encuadernación: FELIPE MÉNDEZ, S. L.

Contenido

Este libro de **historias breves para leer** ha sido escrito especialmente para estudiantes de español como lengua extranjera. Se ha procurado que los temas y el vocabulario sean variados y ayuden a conocer nuestra sociedad y nuestra lengua.

Los textos están marcados con uno, dos, tres o cuatro asteriscos, para indicar su grado de dificultad. Siguiendo en lo esencial el orden que suele usar la mayoría de los métodos, están graduados de la forma siguiente:

* La hora; el tiempo; artículos; ordinales; descripción de personas y objetos; poner anuncios, rellenar impresos; interrogativos; verbos regulares e irregulares en presente de indicativo: *conocer, querer, hacer, poder; hay; ser, estar.*

** Relaciones familiares; *muy, mucho; tener que;* verbos irregulares en presente de indicativo: *salir, venir, decir, pedir, oír, ir, pensar, empezar, sentarse;* presente de indicativo de *gustar,* pretérito perfecto de verbos regulares e irregulares; futuro (*ir* + infinitivo); *estar* + gerundio; pronombre objeto directo (3.ª persona).

*** Descripción de una casa; la ropa; imperativo afirmativo regular (con *me*); *alguien, algo, nadie, nada, nunca*; los demostrativos.

**** Partes del cuerpo; expresiones de tiempo; *todo(s), algún(o)* (femenino y plural); comparativo; pronombres objeto directo e indirecto; posesivos: *mío, tuyo, suyo*; preposiciones con pronombre personal; imperativo afirmativo irregular; verbos irregulares en presente de indicativo: *poner, saber, doler, acordarse*; verbos reflexivos; *acabar de*; pretérito indefinido e imperfecto.

En las páginas 139 a 148 se incluye un **glosario** que, por orden alfabético, recoge —con su traducción al inglés— la mayor parte de los términos que aparecen en los textos.

Recomendamos al estudiante que lea primero el texto de la historia tratando de entender su contenido. Si no conoce alguna palabra, debe intentar adivinar su significado por el contexto. Después, en una segunda lectura, puede consultar el **glosario** o, si lo prefiere, un diccionario.

Julián cambia de* opinión

A las once de la mañana.

CAMARERO:	*Restaurante* La Peña, *diga.*
JULIÁN:	*Buenos días. Desearía reservar una mesa para dos personas.*
CAMARERO:	*Muy bien, señor. ¿A qué hora desea comer?*
JULIÁN:	*A las dos.*
CAMARERO:	*¿Para cuántas personas, por favor?*
JULIÁN:	*Para dos.*
CAMARERO:	*¿A qué nombre?*
JULIÁN:	*Sánchez, Julián Sánchez.*
CAMARERO:	*Ya está. Bienvenidos a las dos, señor.*
JULIÁN:	*Muchas gracias. Hasta luego.*

A las dos de la tarde.

CAMARERO: *¿Buenos días, señor?*

JULIÁN: *Buenos días. Hay una mesa reservada a nombre de Julián Sánchez.*

CAMARERO: *Sí, señor. Es la 17. Allí, junto a la ventana. Aquí tiene la carta.*

JULIÁN: *Muchas gracias.*

A las dos y diez.

CAMARERO: *¿Qué desean comer?*

MARÍA: *Yo, de primero, una ensalada.*

JULIÁN: *Y yo, arroz a la cubana.*

CAMARERO: *¿Y de segundo?*

JULIÁN: *Para mí un filete con patatas fritas.*

MARÍA: *Y para mí pescado. Lenguado, por favor.*

CAMARERO: *Muy bien, ¿y para beber?*

JULIÁN: *Una botella de vino tinto de la casa y una botella de agua mineral.*

CAMARERO: *¿Con o sin gas?*

MARÍA: *Sin gas, por favor, y natural.*

CAMARERO: *Muy bien. Muchas gracias.*

MARÍA: *Gracias a usted.*

A las dos y media.

JULIÁN: *Este camarero es un desastre. ¡Ya son las dos y media y aún no tenemos la comida!*

MARÍA: *Por favor, Julián. ¡Chiss! ¡Ahora viene!*

CAMARERO: *La ensalada y el arroz, señores. ¡Buen provecho!*

MARÍA: *Muchas gracias.*

JULIÁN: *Este arroz está frío, María.*

MARÍA: *Pues la ensalada está estupenda.*

JULIÁN: *¿Y el pan? ¡No hay pan! Este camarero es pésimo.*

MARÍA: *Por favor, Julián, ¿otra vez? Tranquilo, hombre, tranquilo.*

JULIÁN: *¡Camarero, por favor, un poco de pan!*

CAMARERO: *Ah, es verdad. ¡Perdone, señor! Aquí tiene.*

A las tres menos diez.

MARÍA: *¿No tomas vino, Julián?*

JULIÁN: *¿Vino? ¿No ves el vaso? Está roto. Este camarero es un grosero.*

MARÍA: *¿Otra vez, Julián? ¡Hombre!*

JULIÁN: *Y el pan está duro. Es de ayer.*

MARÍA: *No, hombre, no, está muy bien. Es un pan especial, pero es de hoy.*

A las tres.

CAMARERO: *Señores, la carne y el pescado. ¡Buen provecho!*

MARÍA: *Gracias.*

JULIÁN: *María, ¿ves? ¡El plato está sucio! Este camarero es fatal.*

MARÍA: *¡Julián!*

JULIÁN: *¿Cómo está el pescado? La carne está cruda. No me gusta.*

MARÍA: *Pero, Julián, la carne tiene muy buen aspecto. Está muy bien, hombre.*

A las tres y media.

JULIÁN: *Camarero, la cuenta, por favor.*

CAMARERO: *Tenga, señor.*

JULIÁN: *¡Caramba! ¡Mi cartera! No llevo dinero. Tengo la cartera en el hotel. ¡No puedo pagar! ¡Y el taxi! ¿Cómo pago el taxi?*

CAMARERO: *No tiene importancia, señor, puede pagar otro día. ¿Cuánto dinero necesita para el taxi? Yo tengo dinero. Aquí tiene cinco mil pesetas. No es ningún problema. Usted puede traer el dinero otro día.*

MARÍA: *Julián, ¿qué dices ahora?*

JULIÁN: *Digo que yo soy un imbécil y... (al camarero)... ¡usted es un camarero maravilloso y, además, es usted un caballero, señor!*

MARÍA: *Y yo estoy muy contenta porque la comida aquí es excelente.*

A. ¿Qué hora es?

Mire los relojes. ¿Qué hora es?

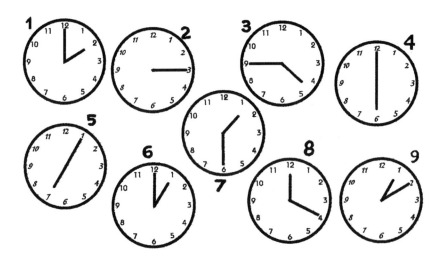

B. Verbos regulares.

Complete las frases con el verbo indicado, en presente de indicativo.

Verbo *desear*.

1. —¿*Qué* .... *ustedes?*
2. —*Yo* .... *pescado, pero mi hija* ....
   .... *carne.*
3. —*Muy bien.*

Verbo *pagar*.

4. —*Juan, ¿*............................ *tú o* .... *yo?*
5. —*No, por favor,* .... *Ana y yo.*
6. —*Está bien. ¿Vosotros* .... *con tarjeta?*
7. —*Sí, sí.*

Verbo *beber*.

8. —¿*Ustedes* .... *agua con la comida?*

9. —*Sí, mi mujer y yo* .... *agua.*

10. —*Y usted, señor, ¿qué* ....?

11. —*Yo* .... *vino, pero mi hijo* ....
.... *agua natural, por favor.*

C. ¡Pregunte, por favor!

¿Qué preguntas faltan? Complete las frases.

1. —¿.............................?
—*Son las dos.*

2. —¿........................... *desea comer, señora?*
—*A las tres, por favor.*

3. —¿...........................?
—*Me llamo Anita Ruiz.*

4. —¿........................... *desea comer?*
—*Una paella, por favor.*

5. —¿........................... *está el arroz?*
—*Está estupendo.*

6. —¿........................... *cuesta?*
—*Diez euros.*

7. —¿........................... *quiere usted ir al banco?*
—*A las diez.*

D. ¿Cuál es su opinión?

Diga su opinión sobre estas personas y objetos. Use, si quiere, un adjetivo de la bolsa.

Ejemplos: *El señor está cansado. La señora es inteligente.*

E. ¿Ser o estar?

Complete las frases con la forma adecuada de los verbos *ser* o *estar* en presente de indicativo.

1. —¿*Quieres té o café, María?*
2. —*Té, gracias. ¿*............................. *caliente?*
3. —*Sí, sí. Oh, perdón, la taza* .... *rota.*
4. —*No, mujer, no es nada.*
5. —*Estas ensaimadas* .... *un poco duras porque* .... *de ayer. Pero* .... *muy buenas. ¿Quieres un poco de agua?*
6. —*Sí, gracias.*
7. —............................. *mineral con gas.*
8. —*Estupendo. Ah,* .... *muy buena y* .... *un poco fría. Me gusta.*
9. —*Bueno, chica, ¿cómo* .... *tu familia?*
10. —*Todos bien, gracias, menos Pilarín, que* .... *enfer-ma. Tiene un poco de gripe.*
11. —*Bueno, ella* .... *joven.*
12. —*Sí, y* .... *muy fuerte. ¿Y tú?*
13. —*Bien, aunque* .... *un poco cansada. Es que tengo mucho trabajo. Y por la tarde estudio inglés. Afortunadamente, el profesor* .... *fantástico. Además* .... *muy guapo, aunque ahora ya no fuma y* .... *un poco gordo.*
14. —*Bueno, me voy. ¿Por qué no vamos a comer hoy a* Casa Juana?
15. —*No, chica,* .... *un restaurante muy sucio y el ca-marero* .... *un imbécil.*
16. —*No, no. Ahora hay personal nuevo. El restaurante* .... *muy bien, de verdad.*
17. —*Bueno, vamos, entonces.*

F. En el restaurante.

Trabajen en parejas (**A** y **B**). **A** es camarero y **B**, el cliente. Representen la escena.

La reserva.

El teléfono:	Riiing.
A.	—/contesta/
B.	—/resevar una mesa; dos personas/
A.	—/hora/
B.	—/14,30/
A.	—/¿personas?/
B.	—/3/
A.	—/nombre/
B.	—/su nombre/
A. y B.	—/despedida/

En el restaurante.

A. y B.	—/saludos/
A.	—/¿1.º?/
B.	—/mira el menú y elige/
A.	—/¿2.º?/
B.	—/mira el menú y elige/
A.	—/¿postre?/
B.	—/mira el menú y elige/
A.	—/¿beber?/
B.	—/elige/
A. y B.	—/la cuenta y despedida/

```
                    RESTAURANTE
_____ LA PEÑA _____



        PRIMEROS                    POSTRES

   Ensalada variada    4,12    Fruta del tiempo    2,70
   Ensalada verde      4,27    Flan                2,28
   Sopa de pescado     5,11    Helado              2,33
   Guisantes con jamón 6,61    Natillas            2,10
   Arroz a la cubana   5,89    Queso               3,06
   Paella              7,81    Yogur               1,56
   Macarrones          4,80    Tartas variadas     2,38



        SEGUNDOS                     BEBIDAS

   Salmón marinado      10,82   Agua mineral       0,90
   Sardinas asadas       6,81   Zumo de naranja    1.80
   Merluza en salsa     12,62   Cerveza            1,68
   Lenguado a la plancha 15,02  Vino blanco        3,72
   Bistec a la plancha  11,72   Vino tinto         4,03
   Costillas de cerdo    7,81   Gaseosa            1,08
```

G. Cuente la historia.

«Julián llama al restaurante *La Peña* y reserva…»

Continúe usted…

H. Cuente sus experiencias.

¿Ha tenido usted una experiencia similar (como ésta)? Imagine la situación y cuéntela, por ejemplo, así: «Un día entro en un restaurante… y él dice… y yo digo…»

El anuncio *

—*Buenos días, Fernando. Hola, Rocky.*

—*Hola, María.* —Fernando saluda con un gesto de la mano a la peluquera. El perro mira a la señora. Camina al lado de su amo. Es un *cocker spaniel* de pelo largo oscuro y mirada inteligente.

En el barrio todos conocen a Fernando y él saluda a todos. Es un hombre ya mayor, de pelo blanco, y camina despacio, con dificultad. Tiene poca memoria. Ahora, desde que tiene el perro, tiene buen aspecto y está más tranquilo. *Este perro es muy inteligente y hace compañía,* dice. Todas las mañanas desayuna en una cafetería que hay cerca de su casa. Pero antes, compra el diario en el quiosco.

—*Déme* EL PAÍS, *por favor.*

—*Tenga, don Fernando. ¿Qué, cómo va todo?* —pregunta el quiosquero.

—*Bien, gracias. Hoy hace muy buen tiempo. Hace sol y no hace viento. Rocky y yo vamos a la playa. ¿Verdad, Rocky?*

El perro levanta la cabeza intranquilo. No piensa igual.

—*¿Van a la playa? ¿No hace demasiado frío?* —pregunta el quiosquero.

—*Bah, nosotros somos fuertes, ¿o no, Rocky?* —El perro, desde luego, no tiene esta opinión—. *Bueno, hasta luego.*

—*Adiós, don Fernando.*

Unos días más tarde, Fernando desaparece del barrio. No es la primera vez. La policía busca por todas partes y no encuentra a Fernando. La gente está preocupada porque el hombre es ya mayor y tiene mala memoria.

Rocky pasea solo por las calles. Mira por todos los rincones donde él sabe que puede estar su amo: en la cafetería, en la peluquería, en la panadería, en la frutería, en Correos, en el parque… No está en ningún sitio. Muchas personas dan comida y agua al perro, porque ahora está solo en casa.

Un día el quiosquero muestra el diario a unos vecinos. Está sorprendido. Dice:

—*Pero, ¿es posible? ¡Aquí, en el diario! ¡Extraordinario!*

—*Pero, bueno, ¿qué hay? ¿Qué pasa?* —pregunta Aurora, la peluquera.

—*¿Qué pasa? ¡Mujer! ¡Un anuncio en el diario! ¡Este anuncio con la foto de Fernando! ¡Y el texto: «Busco a mi amo. Se llama Fernando Camino. Tiene ochenta y dos años, es bajo y lleva una chaqueta de color azul y pantalones de pana verdes. Llamar, por favor, al teléfono 976 35 04 95.» ¡Y la firma!: «Rocky.»*

A. ¿Cómo se llama?

Escriba las palabras que faltan.

¿Cómo se llama el sitio donde venden o trabajan con estos productos o cómo se llaman los productos?

1.	*el pelo*	a.	....
2.	*periódicos, revistas*	b.	....
3.	*café, té...*	c.	....
4.	*pan*	d.	....
5.	....	e.	*frutería*
6.	*sellos*	f.	....
7.	....	g.	*papelería*
8.	....	h.	*cervecería*
9.	....	i.	*restaurante*
10.	....	j.	*banco*
11.	*zapatos*	k.	....
12.	*pasteles*	l.	....

B. Artículos.

Escriba los artículos que faltan. Escriba también la preposición (*a, de*), si es necesario. (En un caso falta sólo una preposición y no hay artículo.)

1. *El perro mira .... peluquera.*
2. *La peluquera saluda .... señor.*
3. *El perro camina .... lado de su amo.*
4. *Todas .... mañanas leo el periódico.*
5. *¿Dónde está .... radio?*
6. *Rocky va .... playa.*

7. ¿Cuál es .... opinión de Fernando?

8. Fernando desaparece .... barrio.

9. No entiendo .... problema.

10. El perro está en .... parque.

11. ¿................. agua es agua mineral?

12. Hay un anuncio con .... foto de Fernando.

13. Fernando es el amo .... perros.

14. ¿Dónde está el coche .... peluqueras?

15. Todo el mundo conoce .... Fernando.

16. ¿Conoce usted .... calle Mayor?

C. ¿Hay o está?

Complete las frases con *hay* o con la forma adecuada del verbo *estar*, en presente de indicativo.

1. El perro .... en el parque.

2. En el barrio .... dos panaderías.

3. —Riiing.

4. —Hola, Paco. ¿Dónde .... ahora?

5. —Yo .... en el metro. ¿Y tú?

6. —................. en el parque.

7. ¿................. periódicos japoneses en el quiosco?

8. Fernando no .... en su casa.

9. —¿Dónde .... Correos, por favor?

10. —Detrás del parque .... una casa verde enorme; pues al lado .... Correos.

11. —¿Vosotros .... en casa esta noche?

12. —Sí, sí. Hoy .... en casa todo el día.

D. Dos verbos irregulares: *conocer* y *hacer*.

Complete las frases con la forma adecuada de estos verbos, en presente de indicativo.

Verbo *conocer.*

1. —¿Vosotros .... a algún brasileño?

2. —No, no .... a ningún sudamericano. ¿Por qué?

3. —Necesito un traductor.

4. —Bueno, yo .... a un portugués, que también traduce del brasileño. ¿............................. usted a Mario Gomes?

5. —Es verdad, él es portugués.

Verbo *hacer.*

6. —Hoy es jueves y el restaurante está cerrado. ¿Qué .... vosotros para comer?

7. —Nosotros .... paella, ¿y tú?

8. —Yo no .... nada, pero hoy como también paella.

9. —¿Qué? ¿Tú no .... nada? Hombre, puedes comer con nosotros...

10. —No, es que los jueves como en casa de mis padres y ellos también .... paella.

E. El tiempo.

a. Trabajen en parejas. Miren el mapa de España. Pregunten y contesten.

b. ¿Qué tiempo hace en la ciudad donde está usted ahora?

F. Escriba un anuncio.

Escriba un anuncio en el periódico. Describa los objetos. Usted busca uno de estos objetos:

- *Un coche (marca, modelo, color, fabricación, matrícula —es decir, las letras y números de identificación—, objetos que hay dentro del coche).*
- *Un perro o una perra (raza, color, tipo de pelo, nombre y otras características).*
- *Un ordenador portátil.*
- *Una cartera, maleta o bolso.* wallet.
- *Un teléfono móvil.*
- *Otros objetos.*

21

G. Describa a una persona.

a. Trabajen en parejas. Miren estas cuatro fotografías. Describan a esas cuatro personas. Pueden usar palabras de la bolsa y consultar, si quieren, un diccionario.

b. Elija una fotografía de un periódico, de una revista o de un libro. Describa a la persona.

La residencia*

—*Mario, ¿puedes apagar el ordenador? La cena ya está hecha. La sopa ya está fría.*

—*Un momento, mamá, que hablo con unos amigos colombianos. Acabo enseguida.*

Mario se despide de sus amigos a través de Internet y va a cenar.
Su padre está preocupado.

—*El abuelo tiene un pequeño problema con la pierna derecha y casi no puede caminar. Ya no puede vivir en su casa solo* —dice—. *Ya es mayor. Está cansado.*

—*¿Y qué dice él?* —pregunta la madre.

—*Está triste. Dice que no quiere ir a una residencia, claro. ¿Qué va a decir? Pero no hay otra salida. Está enfermo* —contesta el padre—. *Pero solo ya no puede vivir.*

—El abuelo es muy simpático, ¿por qué no viene a vivir con nosotros? —pregunta Mario.

—No, hijo, no puede ser —dice el padre—. En primer lugar, porque él no quiere, y en segundo lugar, porque este piso es muy pequeño.

—Hombre, las residencias hoy son muy buenas —dice la madre.

—Las residencias buenas son bastante caras, pero él tiene una buena pensión —dice el padre—. El dinero no es un problema.

—Desde luego, si no puede caminar, no hay otra solución —dice la madre—. Seguro que está mejor en una residencia que en su casa.

El padre saca un papel de la cartera.

—En la residencia El Descanso hay sitio —dice—. Podemos rellenar el impreso de la solicitud por Internet. ¿Me puedes ayudar, Mario? Ésta es la dirección de su página web.

—Claro, papá. Después de cenar, vamos al ordenador.

—El Descanso es una residencia muy buena y está cerca de aquí, además —dice la madre—. Los padres de Anita, la chica de mi trabajo, viven allí y están muy contentos. La directora es muy dinámica y muy moderna.

Unas semanas más tarde, Mario y sus padres acompañan al abuelo a la residencia. Es un edificio moderno, limpio. Cuando atraviesan el jardín saludan a los ancianos. Unos pasean, otros están sentados y leen el periódico o conversan. Un grupo juega a la petanca. Aunque es invierno, hace sol y la temperatura es agradable.

—¿Ves, papá? —dice el padre de Mario al abuelo—. Es un sitio muy agradable. Aquí seguro que está mejor que en casa. Además, hay enfermeras.

—Yo no necesito enfermeras, necesito mis cosas, mis recuerdos —dice el abuelo, aunque sabe que sus argumentos no sirven—. Esto está lleno de viejos.

—Hombre, papá. Es natural —dice su hijo—. Todos envejecemos y necesitamos ayuda. Mira, ya estamos.

Pasa el invierno y en la primavera, un día llaman a la puerta. Mario abre. Un agente de la policía de tráfico dice a la madre que su marido ha tenido un accidente con el coche. Está en el hospital y va a tener que estar allí una o dos semanas.

24

La madre llama al hospital. El médico dice que su marido tiene problemas graves en una pierna y no puede caminar bien. La madre va al hospital y se pasa allí toda la tarde. Por la noche, cuando regresa a casa, ve que Mario está con el ordenador.

—¿Haces los deberes? Es tarde. ¿No vas a dormir? —dice ella.

—No, mamá, relleno este impreso para papá —contesta él.

—¿Qué impreso?

—El impreso ese de la residencia —dice el niño—. Si papá no puede caminar, necesita ir a la residencia, ¿no?

A. Dos verbos irregulares: *querer* y *poder.*

Complete las frases con la forma adecuada de estos verbos, en presente de indicativo.

Verbo *querer.*

1. —¿Los abuelos .... ir a la residencia?

2. —Ella .... ir; pero él, no.

3. —Y tú, ¿............................. ir?

4. —No, yo tampoco .... ir.

5. —Pues nosotros .... ir a una, pero dentro de unos años.

Verbo *poder.*

6. —¿Carmen y tú .... venir mañana?

7. —Lo siento, no ....

8. —¿No?

9. —Carmen no .... venir esta semana, pero yo, si quieres, ... venir mañana.

B. Forme frases.

Forme frases combinando las fichas de la izquierda con las de la derecha:

1. La cena — enseguida. (a)
2. Hablo con una — otra salida. (b)
3. Un momento; acabo — de tus amigos. (c)
4. Carlos se despide — el impreso. (d)
5. No hay — toda la tarde. (e)
6. El abuelo tiene una — buena pensión. (f)
7. El señor rellena — a la petanca. (g)
8. Los abuelos juegan — amiga. (h)
9. La madre se pasa allí — está hecha. (i)

C. Conteste a las preguntas.

1. ¿Por qué está preocupado el padre?
2. ¿Por qué está triste el abuelo?
3. ¿Qué dice la madre sobre la residencia?
4. ¿Por qué va la policía a casa de la familia?
5. ¿Qué hace el niño, al final, con el ordenador?

26

D. Sinónimos.

¿Qué frases de las dos columnas expresan aproximadamente lo mismo?

1.	Tiene problemas graves.	a.	Es mayor.
2.	Se pasa allí todo el día.	b.	Está lleno de abuelos.
3.	Está allí una semana.	c.	No puede caminar.
4.	Vuelve dentro de dos días.	d.	Está preocupado.
5.	Tiene problemas.	e.	No hay otra salida.
6.	Dice adiós.	f.	Se despide.
7.	Tiene problemas con la pierna.	g.	Hace buen tiempo.
8.	Es el padre de mi padre.	h.	Acompañan al abuelo.
9.	Tiene muchos años.	i.	Regresa pasado mañana.
10.	Es la única solución.	j.	Tiene problemas importantes.
11.	Van con el abuelo.	k.	Está allí 24 horas.
12.	La temperatura es agradable.	l.	Está allí siete días.
13.	Aquí hay muchos abuelos.	m.	Es mi abuelo.

E. ¿Ser o estar?

Rellene las frases con la forma adecuada de los verbos *ser* o *estar* en presente de indicativo.

1. *La comida* .... *hecha.*
2. *La sopa* .... *fría.*
3. *El padre* .... *preocupado.*
4. *El abuelo* .... *muy simpático.*
5. *Yo* .... *cansado.* (areu)
6. *Nosotras no* .... *tristes.*
7. *Los niños* .... *enfermos.* (sick)
8. *Ustedes* .... *muy contentos, ¿no?*
9. *La residencia* .... *moderna.*
10. *Y vosotros, ¿por qué* .... *sentados aquí todo el día?*

27

F. Cuente la historia.

El abuelo está en la residencia y habla con sus amigos. Habla sobre su familia, por qué está allí, qué piensa su hijo, qué piensa su
nuera (la mujer de su hijo) y el nieto.

G. Su opinión y sus experiencias.

¿Las personas mayores (los abuelos) deben vivir en su casa o en
una residencia? ¿Qué argumentos hay a favor o en contra de las
residencias? ¿Qué opina usted? ¿Qué experiencias tiene sobre
este tema?

H. Termine la historia.

¿Qué dice la madre al niño al final de la historia?

El armario *

En los grandes almacenes hay mucha gente. Mañana es Navidad y la gente compra regalos y comida para las fiestas. Ya son casi las ocho de la noche. *Señoras y señores, estos almacenes cierran dentro de cinco minutos. La salida principal está en la primera planta. Muchas gracias por su visita.* La mujer anuncia por el altavoz una marca de jabones y una canción de Ricky Martin acompaña a los clientes a la salida.

Los almacenes cierran las puertas. Beno, que está en la tercera planta, no puede salir. Busca un lugar cómodo para pasar la noche. Fuera nieva y hace frío. No quiere dormir en la calle. Entra en una gran sala que está llena de paquetes y muebles. Abre la puerta de un gigantesco armario y entra. Se acuesta en el suelo del armario. Huele

29

a pino. Beno recuerda su vida anterior, en el campo, una vida tranquila y feliz con su familia. Recuerda la casa con jardín, la gente del pueblo. Ahora está solo y triste.

A la mañana siguiente, cuando se despierta, oye unos pasos y unas voces. La puerta del armario está un poco abierta y Beno ve a unos hombres fuertes que se acercan al armario. Un hombre cierra la puerta con llave. Dentro del armario Beno no ve nada. El armario se mueve como una barca. Seguramente aquellos hombres levantan el armario y lo llevan a otro sitio. ¿Adónde van? Beno oye el ruido de un motor. *Debe de ser un camión,* piensa. El armario se mueve durante un buen rato. Beno, en la oscuridad, tiene miedo y también curiosidad.

El motor se para y otra vez el armario se mueve suavemente, como una barca. Beno siente un intenso olor a rosas y jazmín. *Estamos en un jardín,* piensa. Luego oye el ruido de una puerta, gritos y risas de niños, y poco después siente un agradable calor. *Estamos pasando por la cocina,* piensa cuando siente olor a comida. Finalmente, el armario está quieto en el suelo. Beno no sabe qué hacer. ¿Qué pasa si abren el armario? Tiene miedo. Oye voces y pasos a su alrededor.

—*¡Niños, es hora de ir a la cama!* —Beno oye la voz cariñosa pero decidida de una mujer— *¿Tienes la llave del armario, Ignacio?*

Beno ve cómo se tapa el ojo de la cerradura cuando entra la llave. La puerta se abre lentamente. Entra la intensa luz de una habitación elegantemente decorada. Beno está indeciso, asustado, pegado a las paredes del armario.

—*Oh, mira, Ignacio, ¡qué perrito más simpático!* —La mujer acaricia suavemente a Beno.

—*Hola, perrito, ¿cómo te llamas?*

Beno da un pequeño salto y sale del armario.

—*¡Qué perro más mono! ¿Es para nosotros, mamá?*

—*No lleva collar. Parece un perrito abandonado. Si no tiene dueño, puede quedarse aquí, con nosotros, claro.*

Beno, feliz, mira con grandes ojos a la señora y a los niños, y menea la cola para manifestar su alegría.

30

A. Contrarios.

¿Qué palabras de las dos columnas expresan lo contrario?

1.	*grande*	a.	*el día*
2.	*comprar*	b.	*abrir*
3.	*cerrar*	c.	*pequeño*
4.	*la salida*	d.	*el calor*
5.	*la alegría*	e.	*débil*
6.	*cómodo*	f.	*alegre*
7.	*la noche*	g.	*vacío*
8.	*el frío*	h.	*todo*
9.	*lleno*	i.	*alejarse*
10.	*triste*	j.	*la entrada*
11.	*fuerte*	k.	*la tristeza*
12.	*nada*	l.	*fuera*
13.	*acercarse*	m.	*incómodo*
14.	*dentro*	n.	*la oscuridad*
15.	*la claridad*	ñ.	*vender*
16.	*simpático*	o.	*antipático*

B. Expresiones de tiempo.

Complete las frases con alguna de las expresiones que hay en la bolsa.

1. *Hoy es 15. Yo vengo el 16, es decir, ...*
2. *¿Son las seis? Cenamos a la nueve, es decir, ...*
   .... tres horas.
3. *Ya son las ocho menos cinco; es decir, son ....*
   .... las ocho.
4. *Primero tomo el autobús, ... tomo el metro.*
5. *¡Ya son las tres! .... ir al trabajo.*
6. *¿Vamos a la playa .... comer?*
7. *Yo empiezo el trabajo a las siete. Me gusta empezar*
   ....
8. *Por la noche miro la televisión ....*

C. Muebles.

Escriba el nombre de los muebles en el catálogo.

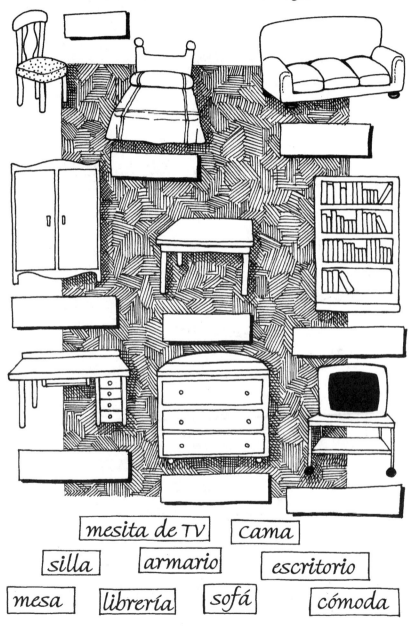

mesita de TV | cama

silla | armario | escritorio

mesa | librería | sofá | cómoda

D. Ordinales.

Trabajen en parejas (**A** y **B**). Miren el plano de los grandes almacenes. **A** elige tres objetos y pregunta dónde están. **B** contesta. Luego pregunta **B**.

Pueden usar preguntas como:

> —*Por favor, ¿dónde hay…?*
> —*Por favor, ¿dónde puedo encontrar…?*
> —*Por favor, ¿dónde tienen…?*

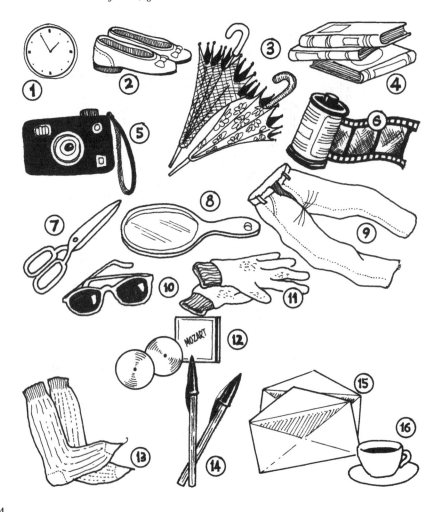

GRANDES ALMACENES

10ª PLANTA	CAFETERÍA + RESTAURANTE
9ª PLANTA	ROPA DE SEÑORA
8ª PLANTA	ROPA DE CABALLERO
7ª PLANTA	ROPA DE NIÑO Y NIÑA
6ª PLANTA	MÚSICA + FOTOGRAFÍA
5ª PLANTA	ROPA INTERIOR + CALCETINES + PAÑUELOS
4ª PLANTA	CALZADO + ZAPATILLAS DEPORTIVAS
3ª PLANTA	COMPLEMENTOS + RELOJERÍA + TIJERAS ESPEJOS + PARAGUAS + GUANTES
2ª PLANTA	ÓPTICA + PERFUMERÍA + REGALOS
1ª PLANTA	LIBRERÍA + PAPELERÍA

E. Conteste a las preguntas.

1. *¿Qué ve y oye el perro la primera noche en los almacenes, antes de entrar en el armario? ¿Qué hace?*
2. *¿Qué recuerda el perro en el armario?*
3. *¿Qué pasa la mañana siguiente?*
4. *¿Qué huele y qué oye el perro desde dentro del armario?*
5. *¿Qué pasa después, cuando el perro llega a la casa?*

F. Escriba una carta.

El perro escribe una carta a un amigo y cuenta cómo es su vida ahora en la nueva casa, cómo es la familia, cómo es la casa, cómo es la habitación y cómo es el jardín, qué come y qué hace durante el día.

Escriba usted la carta.

En el colegio

A la una en punto suena el timbre y los estudiantes salen corriendo de la clase. El pasillo se llena de jóvenes. Como un río humano bajan las escaleras y salen a la calle.

Tomás coge la cartera de un compañero de clase. Da un golpe al muchacho y echa la cartera a la copa de un árbol. Un grupo de compañeros se ríe. Aplauden a Tomás, un chico alto y fuerte, que lleva la cabeza rapada y botas negras de aspecto militar. Miguel, un muchacho gordo, con gafas, mira su cartera, que está en la copa del árbol. Golpea el tronco sin decir nada. Está a punto de llorar.

A su lado, una niña, Fátima, deja su cartera en el suelo y con enorme agilidad sube por el tronco del árbol hasta la copa, coge la cartera y baja. Es una chica pequeña, delgada, que se mueve con la misma agilidad que un gato. Tomás se burla siempre de ella.

—*Mira, la morita, parece un chimpancé* —dice.

Los compañeros de Tomás se ríen y aplauden. *¡Un chimpancé!*, gritan.

Ella da la cartera a Miguel y se va a su casa. Va siempre sola porque en la clase Tomás es el líder y nadie se atreve a ser amigo de ella. Es hija de inmigrantes marroquíes y lleva la cabeza cubierta con un pañuelo. Es la primera de la clase y cuando hacen deporte, ella salta y corre como una artista de circo.

Unos días más tarde, en la clase de gimnasia, Tomás quiere gastar una broma a Fátima cuando ella ha subido a un trapecio. Él está, como siempre, rodeado de numerosos amigos. Saca una bengala de la mochila. Mira hacia arriba y enciende la bengala en dirección a Fátima. La bengala golpea el techo, baja y cae sobre un montón de ropa de los estudiantes que está junto a la puerta. En unos segundos la ropa se enciende y el fuego pasa a unos muebles de madera. Las llamas y el humo empiezan a llenar la sala y es imposible salir de allí. Están en una tercera planta y por las ventanas no se ve a nadie abajo, en el patio. Nadie puede avisar a los bomberos.

—*Tranquilos* —dice Fátima—, *yo bajo a avisar a los bomberos.*

La chica abre la ventana y empieza a bajar por la pared. En unos segundos está abajo, en el patio. Los compañeros oyen cómo ella grita *¡Socorro! ¡Fuego!* Ven cómo llegan al patio algunos profesores. En la sala el calor es insoportable y algunos jóvenes se han desmayado. Oyen la sirena del coche de los bomberos y pocos segundos más tarde llegan potentes chorros de agua a las ventanas. Los bomberos suben una escalera y poco más tarde están todos los estudiantes en el patio.

Algunos tienen que ir al hospital, pero todos están bien. Cuando Fátima entra en el patio, los jóvenes la miran en silencio, profundamente avergonzados. Tomás tiene una enorme llaga en la cara. Cuando la niña pasa por delante de él, baja la cabeza.

A. Dos verbos irregulares: *salir* y *venir*.

Complete las frases con la forma adecuada, en presente de indicativo, de estos verbos.

1. —*Yo por la mañana .... de casa a las ocho*
   y .... aquí a la fábrica en coche. Y tú
   ¿a qué hora .... del hotel y cómo ....
   .... a la fábrica?
2. —*Yo .... aquí con mi mujer. Nosotros ....*
   .... del hotel a las siete y ....
   aquí en autobús.
3. —*¿Por qué no .... en coche vosotros?*
   —*Porque no tenemos coche.*

B. *Tener que.*

En el colegio hay una fiesta. Los estudiantes y el profesor organizan el trabajo. Usted es el profesor y dice quién tiene que hacer los trabajos, como en el ejemplo.

—*¿Quién abre la ventana?*
—*Tú **tienes que abrir** las ventanas grandes.*

1. —*¿Quién sube las sillas?*
   —*Tú .... las sillas a la planta de arriba.*
2. —*¿Quién va a Correos?*
   —*Juan .... a Correos.*
3. —*¿Quién saca los vasos?*
   —*Nosotros .... los vasos del armario.*
4. —*¿Quién enciende la calefacción?*
   —*Vosotros .... la calefacción de esta planta.*
5. —*¿Quién avisa a los padres?*
   —*Yo .... a los padres que viven en el barrio.*

C. Complete las frases.

Complete las frases con alguna de estas palabras o expresiones:

se atreve	*avisar*	*saca*
cubierta	*a punto de*	*nadie*
un montón de	*imposible*	*cómo*

1. *Está .... llorar.*
2. *Fátima .... un libro de la cartera.*
3. *En la mesa hay .... libros.*
4. *La puerta está cerrada. Es .... salir.*
5. *No se ve a .... por la calle.*
6. *Nadie puede .... a la policía.*
7. *Los profesores oyen .... gritan los estudiantes.*
8. *Miguel no .... a protestar.*
9. *Fátima lleva la cabeza .... con un pañuelo.*

D. El pretérito perfecto regular y la hora.

Complete las frases con el pretérito perfecto del verbo que está en presente en la frase y con la hora que indica el reloj.

1. *Los niños normalmente salen a ....,*
   pero hoy .... a ....

2. *Yo normalmente bajo al centro ....*
   ...., pero hoy ....
   ....

3. *María normalmente va a gimnasia ....*
   ...., pero hoy ....
   ....

4. *Tú normalmente empiezas tu trabajo* ....
   ...., *pero hoy* ....
   ....

5. *Nosotros normalmente llegamos a casa* ....
   ...., *pero hoy* ....
   ....

6. *El tren normalmente pasa por aquí* ....
   ...., *pero hoy* ....
   ....

E. Describa a una persona.

a. ¿Qué sabe usted y qué imagina de estas tres personas que aparecen en el texto: Tomás, Miguel y Fátima? ¿Cómo son, cómo viven, qué hacen, cómo es su familia?

b. Trabajen en parejas (**A** y **B**). **A** describe a una persona famosa (un político, un artista, etcétera). **B** hace preguntas y tiene que adivinar qué persona es. Luego **B** describe a una persona y **A** adivina.

F. Cuente su experiencia.

¿Tiene usted una experiencia de un caso de burla similar al del relato? (En el colegio, en el trabajo, etcétera).

G. Su opinión.

¿Qué se tiene que hacer para evitar casos de burla como el del texto? Escriba usted algunas frases como *La familia tiene que...* (la sociedad, los padres, los colegios, los profesores, los políticos, la policía, la televisión, las personas mayores, los jóvenes...).

41

Hilario Benicasim, su mujer, Eulogia y su hija Teresa están en casa viendo en la televisión un programa muy popular. Es un concurso de música. Hay cantantes aficionados de toda España. El mejor cantante gana un premio de un millón de euros y de allí va a un concurso que hace la televisión mexicana.

—*Me duele un poco la cabeza* —dice Eulogia—. *¿Has comprado aspirinas, Teresa?*

—*No, mamá. Me he olvidado, perdona. Si quieres, voy a comprar ahora* —contesta la hija.

—*No, es igual* —dice la madre.

—*Ya voy yo* —dice Hilario—. *De todas formas, este programa es muy malo y no me gusta. La farmacia de aquí abajo está cerrada, pero hay una farmacia de guardia en el centro.*

Hilario baja al garaje y sale con el coche. Poco después llega a la farmacia de guardia. Hay una cola muy larga. La farmacéutica da un número a Hilario. *Tiene que esperar por lo menos veinte minutos,* le dice.

—*No importa* —contesta Hilario—. *No tengo prisa.* Al lado de la farmacia hay una cafetería. Hilario entra y pide un café. Un grupo de personas celebra el cumpleaños de un cliente y cantan *Cumpleaños feliz.* Hilario está de buen humor. Se acerca al grupo y canta con ellos.

Dos hombres que acaban de entrar escuchan a Hilario y dicen:

—*¡Qué voz! ¡Cómo canta! Mire, señor. Somos de la televisión, del programa «España canta». Estamos esperando a una persona que tiene que cantar hoy en el programa, pero no viene. El programa ya ha empezado. Es tarde y no tenemos tiempo. Necesitamos a un concursante. ¿Puede venir con nosotros?*

—*Hombre, yo…* —contesta Hilario—. *Es que ahora…*

Hilario y los dos señores discuten un rato. Quince minutos más tarde, Hilario está en la televisión cantando «Granada».

En su casa, Eulogia y su hija Teresa no entienden nada cuando, al final, la presentadora dice: *Señoras y señores, don Hilario Benicasim ha ganado el primer premio en este concurso, es decir, el millón de euros, y el próximo verano va a continuar el concurso en México. ¡Felicidades, don Hilario!*

Desde luego, Eulogia ha olvidado su dolor de cabeza.

A. Un poco de amabilidad, por favor.

Complete, por favor, las frases con las palabras o expresiones que hay en la bolsa.

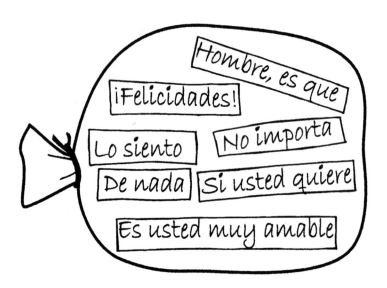

1. —*El doctor no está. Va a tener que esperar unos veinte minutos.*

   —.............................*, no tengo prisa.*

2. —*Muy bien, señora, ¿puede venir mañana?*

   —.............................*, pero mañana no puedo venir.*

3. —*Mi mujer ha tenido una hija.*

   —¡.............................!

4. —*Por favor, señora, aquí hay una silla para usted.*

   —............................. *Muchas gracias.*

   —.............................

5. —*¡Vamos a Madrid en tu coche!*

   —............................. *mi coche...*

6. —*¿Vamos al cine a las siete?*

   —.............................

B. *Estar* + gerundio.

Conteste con el verbo *estar* y el gerundio del verbo destacado en cada frase, como en el ejemplo:

> —¿Qué **miras**, Teresa?
> —Estoy **mirando** el telediario.

1. —¿Por qué no puedes **cantar** en el grupo?
   —Porque .... muy mal.
2. —¿Por qué dices que no quieres **ganar** más dinero?
   —Porque .... mucho.
3. —¿Por qué no **escribe** en el periódico Ana?
   —Porque .... un libro.
4. —¿A quién **esperamos**?
   —.......................... a Godot.
5. —¿Qué periódico **lees**?
   —.......................... «La Nación», de Argentina.
6. —Perdone, señor, no me gusta **pedir** dinero, pero...
   —Pero, hombre, ¿.......................... dinero otra vez?
7. —¿Qué **ves** desde aquí?
   —.......................... cómo sale el sol.

C. Me gusta.

Complete la frase con la forma adecuada del verbo *gustar* en presente de indicativo.

1. —Buenas tardes, señores. ¿Un café? ¿..........................
   el café muy negro?
2. —No, no, a nosotros no .... el café.
3. —¿Qué dices, Carlos? A ti, quizás no ....,
   pero a mí sí que ....

4. —*Un té y un café, entonces.*

5. —*Señora, ¿............................ los libros?*

6. —*No, la verdad es que no .... Y a ti,*
   ¿.......................?

7. —*Sí, ... bastante. Pero a mis padres tam-*
   poco .... gustan.

8. —*Quizás .... más a los jóvenes.*

9. —*Puede ser, porque a mi hermana sí que ....*
   ....

D. Ordinales.

Escriba los ordinales que faltan (primero, segundo, etc.) y que co-
rresponden a los números que están entre paréntesis (1, 2, 3, etc.),
como en el ejemplo.

—*Yo vivo en el **sexto** piso. (6)*

1. —*¿Tú vives en el .... piso? (3)*

2. —*No, vivo en el .... (1)*

3. —*Pues yo vivo también en el .... (3)*

4. —*Y yo en el .... (2)*

5. —*Yo vivo en el .... (4), pero me gusta más*
   el .... (1)

6. —*A mí me gusta el .... porque se ve toda*
   la ciudad. (5)

E. Combine.

Establezca relaciones entre las palabras o frases de ambas columnas:

1. *Es un aficionado.*	a. *Como mínimo.*
2. *Un premio.*	b. *Toma una aspirina.*
3. *Una farmacia de guardia.*	c. *Hoy ya tiene cuarenta años.*
4. *Hay una cola larga.*	d. *No es profesional.*
5. *Por lo menos.*	e. *Un millón de euros.*
6. *El cumpleaños.*	f. *Hay mucha gente.*
7. *Está de buen humor.*	g. *Está abierta cuando otras están cerradas.*
8. *Juan acaba de entrar en la fábrica.*	h. *Ha llegado hace muy poco tiempo.*
9. *Tiene dolor de cabeza.*	i. *No está triste.*

F. Cuente la historia.

Por la noche, muy tarde, Hilario vuelve a su casa y cuenta sus experiencias a su mujer y a su hija. Dice: *Mirad, he salido de casa y he ido a...*

Siga usted.

Un buen regalo de Navidad

Momudu extiende la manta en el suelo. Abre una caja de cartón y coloca con precisión pañuelos y corbatas sobre la manta. Es un joven alto, delgado, de piel oscura. Es de Gambia y lleva sólo dos años en Granada, aunque ya habla muy bien el español.

—*Hola, Momudu.*

—*Hola, María Luisa.*

La chica da un beso en la mejilla al joven. Ella es un poco más baja. Tiene el pelo rubio, muy corto. Va vestida con vaqueros y jersey.

—*¿Ya estás aquí? ¿No tienes frío?* —pregunta.

—*Un poco sí, pero necesito aprovechar estos días. Ahora por Navidad la gente compra mucho.*

María Luisa está enamorada de Momudu, pero no ha dicho nada a sus padres. Cree que ellos no van a aceptar la relación.

—*Bueno* —dice—, *me voy a clase. ¡Suerte!*

—*Chao.*

Por la noche, en casa de María Luisa, mientras cenan, la madre dice:

—*Pasado mañana es Navidad. Los abuelos no comen con nosotros este año. Van a Barcelona, a casa de tío Juan Ramón.*

—*Estas Navidades comemos nosotros tres solos, entonces* —dice el padre—. *María Luisa, si tienes una amiga o un amigo que estén solos, pueden comer con nosotros. En Granada hay muchos estudiantes extranjeros solos, ¿no?*

—*No, no conozco a nadie...*

—*¿Seguro?* —pregunta la madre—. *Nosotros encantados, ¿eh?*

—*Bueno, pues quizás conozco a un chico que está solo... Pero es que...* —contesta la chica.

—*¿Un chico? ¡Estupendo! Puede venir, claro* —dice la madre.

—*Es que... ¿y si no os gusta?* —dice María Luisa. Está un poco nerviosa.

—*¿Cómo que si no nos gusta?* —dice el padre.

—*Si es tu amigo, nos gusta, claro* —dice la madre.

María Luisa contesta rápido. Mira con temor a sus padres:

—*¡Es que es negro!*

—*Bueno, negro, ¿y qué?* —dice la madre—. *Yo no tengo nada contra los negros. Si es una buena persona puede ser negro, amarillo o verde. Es igual.*

María Luisa sonríe aliviada. El padre dice:

—*Mira, ¿verdad que es el chico de Gambia que vende pañuelos en el Paseo del Salón? Da la casualidad de que alquila una habitación en casa de un colega mío. Mi colega me ha dicho eso, que es de Gambia y allí es estudiante de Bellas Artes. ¿No es así?*

—*Así es, papá. ¡Qué alegría! ¿De verdad que puede venir a casa?*

—*Pues claro. Es más. Tengo una sorpresa. Es un regalo de Navidad. Mi colega y yo tenemos un trabajo para él en nuestra oficina. El director está de acuerdo. Es un trabajo en el departamento de diseño. Puede empezar ya, después de estas fiestas. ¡Es un trabajo fijo!*

—*Papá, ¡qué alegría!* —María Luisa abraza a su padre llorando.

—*¡Qué regalo de Navidad!*

A. Presente del verbo *ir*.

Complete el diálogo con las formas adecuadas del verbo *ir* en presente de indicativo.

1. —¡Adiós, Laura! ¿Adónde ....?
2. —............................ al teatro, ¿y tú?
3. —Yo .... a buscar a los niños. Mañana
   .... todos a La Habana.
4. —¿Es verdad? ¿............................ a La Habana?
5. —Bueno, no es La Habana de Cuba. Es que la casa de
   mi tío se llama así.

B. La familia.

Complete la lista con las palabras de la bolsa.

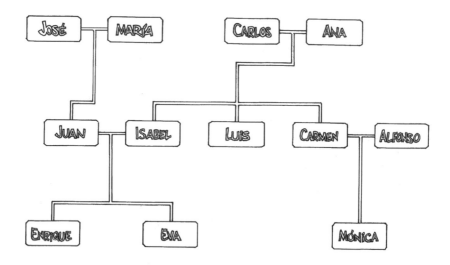

1. *José y María son marido y* ....
2. *María es* .... *de Eva.*
3. *Enrique es* .... *de José.*
4. *Eva y Enrique son* ....
5. *Juan y Carmen son* ....

50

6. *Luis es* .... *de Enrique.*

7. *Enrique es* .... *de Luis.*

8. *José es* .... *de Isabel.*

9. *¿Quién es la nuera de de José y María? Es* ....

10. *¿Quién es el yerno de de Ana y Carlos? Es* ....

11. *¿Quién es la hija de Juan e Isabel? Es* ....

12. *¿Quién es la prima de Eva? Es* ....

C. Pretérito perfecto irregular.

Complete el diálogo con las formas adecuadas del pretérito perfecto de los verbos indicados entre paréntesis.

1. —*¿Qué* .... (hacer) *vosotros esta semana?*

2. —*Nosotros* .... (ir) *al cine.* .... (ver) *una película de Almodóvar.*

3. —*¿Es la última? La radio* .... (decir) *que es muy buena.*

4. —*A mí me* .... (gustar) *mucho. Y tú, ¿qué* ....?* (hacer)

5. —*No* .... (hacer) *nada especial. Ah, sí,* .... (escribir) *una carta a mi primo de Venezuela, que no tiene mail. Oye, ¿vamos a tomar un refresco?*

6. —*Vamos. Tú, ¿dónde* .... (poner) *el coche?*

7. —*Ya no tengo coche. Pero* .... (abrir) *una cafetería muy simpática cerca de aquí. ¡Vamos!*

D. Futuro (*ir* + infinitivo).

Mire estas dos páginas de las agendas de Pepe y de María. Diga qué van a hacer usted y María. Diga, por ejemplo: *El lunes por la mañana María va a ir a la biblioteca y yo..., María y yo vamos...*

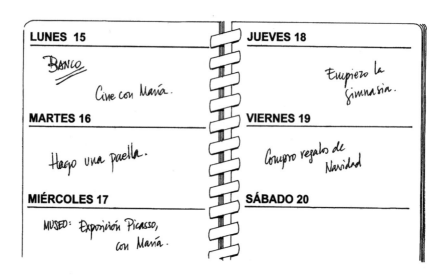

LUNES 15

Banco

Cine con María.

MARTES 16

Hago una paella.

MIÉRCOLES 17

MUSEO: Exposición Picasso, con María.

JUEVES 18

Empiezo la gimnasia.

VIERNES 19

Compro regalos de Navidad

SÁBADO 20

LUNES 15

* Biblioteca.

– Cine con Pepe.

MARTES 16

Como en el restaurante.

MIÉRCOLES 17

* Museo
Exposición Picasso, con Pepe.

JUEVES 18

Alquilo un coche.

VIERNES 19

Inglés.

SÁBADO 20

E. ¿Qué va a hacer usted esta semana?

Trabajen en parejas (**A** y **B**). **A** pregunta a **B** qué va a hacer esta semana. **B** contesta. Luego **B** pregunta y **A** contesta.

F. Su opinión.

a. Trabajen en parejas (**A** y **B**). **A** y **B** escriben una lista con seis o siete cosas que algunas personas dicen sobre los extranjeros. Después **A** busca argumentos y ejemplos contra las cosas que **A** ha escrito. Y **B** busca argumentos contra las cosas que ha escrito **A**.

b. Escriba una lista con cuatro o cinco cosas que se pueden hacer contra el racismo.

G. Las fiestas.

a. ¿Qué fiestas conoce usted de un país del mundo hispánico? ¿Qué sabe sobre ellas? ¿Cómo son? ¿Ha estado en alguna?

b. Explique a un español o a un hispanoamericano qué fiestas hay en su país, cómo son, qué se hace.

Dos amigas ** buscan pareja

Rosa María y su amiga Ana tienen entre treinta y cinco y cuarenta años. Llevan varios años divorciadas y desean encontrar pareja. Los domingos van juntas a bailar a una discoteca, pero los hombres que encuentran allí, o están casados (aunque no lo dicen), o son bastante raros.

Viven en Zaragoza, han viajado en autobús por toda España y han ido a todo tipo de clubes, pero hasta ahora no han encontrado el «hombre ideal».

Rosa María ha ido incluso a una agencia matrimonial y está decepcionada. *He perdido mucho dinero* —dice— *y no he encontrado marido.*

54

Los domingos hay en el periódico una página con anuncios de personas que buscan pareja. Rosa María y Ana han contestado alguna vez, pero no han tenido éxito.

—*Mira, este anuncio parece interesante* —dice Ana a su amiga.

«Somos dos hermanos. Tenemos alrededor de cincuenta años y vivimos en el centro de Zaragoza. Tenemos un pequeño negocio y nuestra economía es bastante buena. Nos gusta pasear, leer, ir al cine y escuchar música. Buscamos a dos mujeres de nuestra edad, solteras o separadas, con intereses perecidos.»

—*Es verdad. Parecen dos hombres interesantes. ¿Quieres escribir?*

Las dos mujeres escriben una carta. Unos días más tarde reciben contestación. Hablan por teléfono y se citan en un banco del parque, cerca de la iglesia del Pilar.

—*Tienen que ser esos dos* —dice Ana a su amiga. Los dos hombres están sentados en un banco. Son muy guapos.

—*Me gustan, sobre todo el que está a la derecha* —dice María Rosa.

—*Pues a mí me gusta el otro, el que está a la izquierda* —dice Ana—. *Son interesantes, desde luego. ¡Qué suerte!*

—*Pero no llevan el clavel rojo* —dice Ana.

—*Bueno, pero todo coincide: el traje azul, la corbata roja, el bigote, el periódico en la mano derecha* —contesta la amiga—. *Son ellos. Mira, nos han reconocido.*

En efecto, los hombres miran hacia ellas y sonríen. Ana es más decidida. *¡Hola!*, dice, y se sienta en el mismo banco. María Rosa hace igual.

Hablan durante un buen rato. Ríen.

—*Sois geniales* —dice uno de los hombres.

Poco después se levantan y se van a bailar. Los cuatro están muy alegres. Es evidente que allí ha nacido una profunda amistad.

Cruzan el parque y en el otro lado, en un banco igual, ven a dos hombres que parecen hermanos, con bigote, con traje azul, un clavel rojo en la chaqueta y el periódico en la mano derecha. ¡Se han equivocado! Las amigas se miran y no dicen nada, pero piensan lo mismo: esos dos hermanos son bastante feos y parecen muy aburridos. Los dos hombres miran nerviosos sus relojes y cuando ellas pasan por delante se quedan con la boca abierta.

A. ¿Qué palabra falta?

1. María .... treinta y cinco años.
2. Han viajado en autobús .... toda España.
3. Rosa María ha ido a una .... matrimonial.
4. Las amigas .... decepcionadas.
5. «He puesto muchos anuncios —dice Ana—, pero no he .... éxito».
6. Las amigas y los señores se .... en el parque a las ocho y media.
7. Los dos hombre están .... en un banco.
8. Hablan .... media hora.
9. Los cuatro .... alegres.
10. Cuando ellas pasan, ellos se quedan con la .... abierta.

B. Dos verbos: *pensar* y *sentarse.*

Complete los diálogos con las formas adecuadas de los verbos *pensar* y *sentarse* en presente de indicativo.

Verbo *pensar.*

1. —¿Qué .... tú sobre las agencias matrimoniales. ¿Te gustan?
2. —No sé. No .... nada particular.
3. —Vosotros los jóvenes .... que las agencias no son serias.
4. —No, no, nosotros no .... eso. ¿Y qué .... usted?
5. —A mí no me gustan.

Verbo *sentarse*.

6. —*Perdón, ¿dónde .... yo?*
7. —*Usted .... al lado del presidente.*
8. —*Sí, sí, pero ¿dónde .... el presidente?*
9. —*Aquí, donde .... los políticos.*
10. —*Entonces, yo no .... aquí.*

C. Sinónimos.

¿Qué palabras o expresiones de la bolsa expresan aproximadamente lo mismo que las palabras o expresiones que se destacan en estas frases?

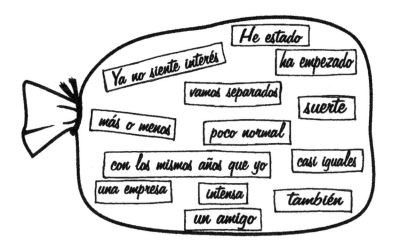

He estado   ha empezado
Ya no siente interés   vamos separados   suerte
más o menos   poco normal
con los mismos años que yo   casi iguales
una empresa   intensa   también
un amigo

1. ***Llevo*** *dos días aquí.*
2. *José y yo **no vamos juntos** a la agencia matrimonial.*
3. *Es un chico bastante **raro**.*
4. *Hemos visto **incluso** el museo de coches.*
5. *Rosa **está decepcionada**.*
6. *Ana busca **pareja**.*
7. *Juan ha tenido **éxito**.*
8. *Ellos tienen **un negocio** importante.*

9. *Tiene **alrededor** de cincuenta años.*
10. *Busco a un hombre **de mi edad**.*
11. *Las amigas tienen intereses **parecidos**.*
12. *Entre ellos **ha nacido** una **profunda** amistad.*

D. Conteste a las preguntas.

1. *¿Qué han hecho las amigas para conocer gente?*
2. *¿Por qué están decepcionadas?*
3. *¿A quién escriben una carta?*
4. *¿Qué pasa en la plaza?*
5. *¿Cómo son los hombres?*
6. *¿Qué hacen las dos parejas?*
7. *¿Cómo acaba la historia?*

E. Adivine quién es.

Trabajen en parejas (**A** y **B**). **A** imagina una persona famosa (Picasso, Cristóbal Colón, Evita Perón, Ricky Martin, Einstein…) y escribe 25 ó 30 palabras sobre esta persona. **B** puede hacer peguntas y tiene que adivinar qué persona es. **A** sólo contesta *sí* o *no*. Luego **B** escribe y **A** adivina.

** Buen fisonomista

—*¡Atención! ¡Esto es un atraco! ¡Todos quietos! Si hacen lo que decimos, no va a pasar nada.*

Los tres hombres llevan una media de mujer en la cabeza. Uno de ellos está junto a la puerta de salida. Con una pistola amenaza al personal del banco y a los clientes. Los otros dos empiezan a recoger dinero y lo meten en una bolsa de plástico de *El Corte Inglés*.

Suena la alarma y los tres hombres salen del banco. En la calle suben a un coche. En este momento llega un coche de la policía. Un agente grita:

—*¡Alto! ¡Policía!*

El coche de los atracadores sale a gran velocidad. El coche de la policía va detrás. Los atracadores llegan a una calle estrecha con mucho tráfico y no pueden continuar. Salen del coche y corren por la calle. Dos policías corren detrás de ellos. Gritan:

59

—¡Alto! ¡Somos policías!

Los atracadores corren. La gente se aparta, asustada. Los policías son jóvenes y fuertes. Corren más rápido.

—¡Alto!

Un policía detiene a uno de los atracadores. Otro atracador cae al suelo y el otro policía lo detiene también. El tercer atracador se escapa y está ya muy lejos.

—*Tranquilo* —dice uno de los policías al otro—. *No va a poder ir muy lejos. Sé quién es. Se llama Antonio Pareja y éste no es su primer atraco. Vamos a la comisaría con estos dos.*

Los cuatro suben al coche, que está al otro lado de la calle, y van a la comisaría.

—*Sargento, hemos detenido a estos dos atracadores. Han atracado la oficina del Banco Popular que hay en la calle de Colón. El tercer atracador ha podido escapar. Es Antonio Pareja, un chico joven, con poco pelo, alto y delgado. ¿Se acuerda de él?*

—*Claro que me acuerdo. Por aquí tengo su fotografía. Mire, aquí hay varias.*

—*Pues no puede estar muy lejos de aquí. Por favor, ¿puede enviar un par de fotos a las comisarías de los pueblos de los alrededores? A ver si alguien lo ve. Este tipo está siempre por aquí cerca.*

—*Muy bien. A ver... mire, voy a enviar estas tres fotos: ésta de perfil, ésta con bigote y ésta con gafas.*

El sargento envía las fotos por fax a media docena de pueblos.

Al día siguiente, en la comisaría reciben un fax de un pequeño pueblo que está a unos veinte kilómetros de la ciudad. Un policía lee el fax y se echa a reír.

—¿Qué pasa? —pregunta el sargento.

—Nada, nada, que el guardia que envía el fax no es muy buen fisonomista. Es sobre el atracador del Banco Popular de la calle Colón.

—Sí, sí, el hombre del atraco de ayer, ¿y qué dice?

—Escuche. Lo leo: «Hemos recibido las fotos de los atracadores del Banco Popular de su ciudad. Ya hemos detenido a dos, el hombre que lleva bigote y el que lleva gafas de sol. El tercero, el chico de la foto de perfil, no sabemos dónde está, pero lo estamos buscando. Si está en nuestro pueblo, pueden estar tranquilos, ¡lo vamos a detener!».

A. Dos verbos irregulares: *empezar* y *decir*.

Complete los diálogos con las formas adecuadas de los verbos *decir* y *empezar* en presente de indicativo.

Verbo *empezar.*

1. —Tú ¿a qué hora .....*empiezas*..... el trabajo mañana?

2. —Mañana, nosotros .....*empezamos*..... tarde. Yo *empiezo* .....*digo*..... a las once y María .....*empieza*..... a las doce. Y usted ¿.....*empieza*..... también tarde?

3. Sí, yo no .....*empiezo*..... hasta las tres de la tarde.

61

Verbo *decir*.

4. —¿Qué ....*dices*........ vosotros si viene la policía?

5. —Si la policía pregunta algo, tú ....*dices*........... que no
   has visto al atracador, claro.

6. —No, yo no ....*digo*........... nada.

7. —Hombre, si los otros clientes ....*dicen*........ que han
   visto al atracador y nosotros no ..*decimos*....
   nada, no está bien.

8. —Bueno, bueno, ...*dicen*........ la verdad, entonces.
   (*decís*)

B. Pregunte.

La policía ha detenido a uno de los atracadores y le pregunta algunas cosas (es decir, le interroga). Complete usted el diálogo
con las preguntas que faltan.

1. —¿....*Cómo*........ te llamas?
   —Me llamo José Antonio Ródenas.

2. —¿....*Cuántos* años tienes?
   —Treinta y dos.

3. —¿..*De dónde*... eres?
   —Soy de un pueblo de Sevilla, Santiponce.

4. —¿..(A)*Dónde*.. vives?
   —Aquí, en este pueblo.

5. —¿....(*Cual*) *En qué*.... calle?
   —En la calle Cervantes, número 13.

6. —¿....*Qué*...... número de teléfono tienes?
   —El 432 97 21.

7. —¿.....~~Qué~~ *Dónde*..... *trabajas?*

   —*En un bar, pero ahora no trabajo. Estoy en el paro.*

8. —*Bueno, ¿*......*Cuántas* *personas habéis ido al*

   banco?

   —*Hemos ido tres. Pero no sé cómo se llaman los otros,*

   ni dónde viven.

9. —*Es igual, yo sí lo sé. Y ¿*......*Cómo*...... *es el coche?*

   —*Es un coche pequeño de color azul.*

10. —*Y ¿*......*Quién*..... *ha conducido el coche?*

    —*Yo lo he conducido.*

C. Pronombres objeto directo.

Complete las frases con alguno de estos pronombres:
lo, la los, las.

1. *Los hombres recogen el dinero y* ......*lo*...... *meten en la*

   bolsa.

2. —*¿Ves el coche?*

   —*No, no* ......*lo*...... *veo.*

3. —*¿Tienes las llaves del coche?*

   —*No, no* ......*las* *tengo.*

4. —*Ves a los atracadores?*

   —*No, no* ......*los*... *veo.*

5. —*¿Hablas del chico de la foto? La policía* ...*lo*... *está*
   de + el
   buscando.

6. —*¿Quién tiene la bolsa?*

   —......*la*... *tiene la policía.*

7. —*¿Dónde está el fax?*

   —......*lo*.. *tiene el director del banco.*

8. —*¿Y las fotos?*

   —......*las* *tengo yo.*

D. **Contrarios.**

Mire las palabras de esta lista, pero no mire las que hay en la hoja, justo debajo (coloque un papel o la mano encima).

¿Conoce usted las palabras que expresan aproximadamente lo contrario? Si no recuerda alguna, mire, después, en la hoja y busque la palabra.

1. todo *nada*	8. ancha *estrecha*	15. bajo *alto*
2. entrada *salida*	9. poco *muchas*	16. gordo *delgado*
3. terminar *empezar*	10. viejos *jóvenes*	17. nunca *siempre*
4. sacar *meter*	11. débiles *fuertes*	18. enviar *recibir*
5. bajar *subir*	12. lento *rápido*	19. contestar *preguntar*
6. entrar *salir*	13. cerca *lejos*	20. malo *bueno*
7. delante *detrás*	14. último *primero*	21. izquierda *derecha*

mucho   alto   nada

derecha   estrecha   salida   fuertes

siempre   primero   jóvenes

recibir

preguntar   subir   salir

delgado   empezar   detrás

bueno   lejos   rápido

meter

E. ¿Qué verbos faltan?

Complete las frases con los verbos de la bolsa.

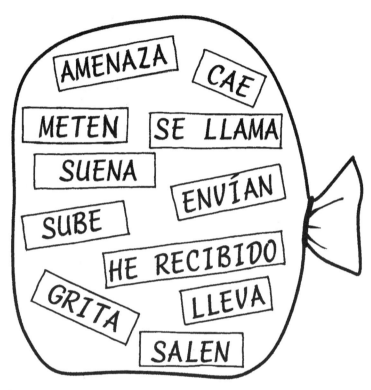

1. El atracador *amenza* a los clientes del banco.
2. Los hombres *meten* el dinero en la bolsa.
3. A las dos *suena* la alarma.
4. La mujer *sube* a un coche.
5. El agente *grita* «¡Alto!»
6. Los policías *salen* del coche.
7. Un atracador *cae* al suelo.
8. El chico *se llama* Antonio.
9. Las señoras *envían* una carta al banco.
10. Esta mañana *he recibido* un fax.
11. El niño *lleva* gafas de sol.

F. ¿Qué han visto?

La gente que ha visto el atraco declara en la comisaría. (Ha visto detalles que no están en el texto.) ¿Qué dicen?

Trabajen en parejas (**A** y **B**). **A** es una persona que ha visto el atraco, **B** es un agente de la policía. **A** dice lo que ha visto y **B** pregunta detalles (prepara antes algunas preguntas) y escribe la declaración de **A**. Las personas que declaran son:

- *Una chica que trabaja en el banco.*

- *Un señor que ha visto cómo los atracadores han salido del banco, cómo la policía ha detenido a dos atracadores y adónde ha ido el tercer atracador.*

La deuda **

—*Si no consigo doscientos cincuenta mil euros antes del lunes, tenemos que vender la casa.*

Sebastián mira a su mujer y a su hijo con angustia. Está preocupado. Los tres están sentados alrededor de la mesa del comedor.

—*No hay derecho —dice Mariano, el hijo—. Tú no has hecho nada malo. Tu hermano Ramón tiene la culpa.*

—*La ley es muy clara —contesta Sebastián—. El banco ha dejado a mi hermano doscientos cincuenta mil euros. Yo he firmado el aval y ahora él no puede pagar. Como él no tiene dinero, tengo que pagar yo.*

—*¿Y por qué no pides dinero al banco? Tú puedes hipotecar la casa, ¿no?* —pregunta Mariano.

—*Imposible —contesta la madre—. La casa ya está hipotecada. Tenemos que buscar otra solución.*

—*¡Tu hermano es un canalla, un sirvengüenza!* —Mariano está furioso. Habla con rabia.

—*Por favor, Mariano —dice Sebastián—, con insultos no vamos a arreglar nada. ¡Calma, por favor!*

—*Perdona, papá. La única persona que tiene dinero en esta familia es tío Ignacio.*

—*Pero él no quiere prestarme nada. Es muy tacaño —dice el padre.*

—*¡Y tantos favores que tú le has hecho! —dice la madre— ¿Estás seguro que no quiere prestarte nada? ¿Por qué no lo intentas otra vez?*

—*Imposible. Ya se lo he preguntado tres veces.*

Sebastián tiene la cabeza entre las manos. Está triste. Mira con melancolía los muebles y las cosas que hay en el comedor: el sofá, los sillones, la librería con las fotos de la familia y los recuerdos de sus viajes, los cuadros. ¿Qué va a hacer con todo esto? La casa es bastante grande y tiene un pequeño jardín. Ha vivido allí toda su vida. ¿Dónde va a vivir? ¿Qué va a hacer? No ve ninguna salida, ninguna solución. Está desesperado.

—*Bueno, así no se soluciona nada —dice Sebastián, y se levanta—. Voy a coger el coche y voy a hablar con algunos amigos. A ver si me prestan algo.*

Sale de casa y su mujer y su hijo lo miran con angustia. ¿Qué va a hacer? ¿Va a hacer algo malo? ¿Va a conseguir el dinero? Mariano y su madre están sentados junto a la mesa, en silencio. No dicen nada. Miran al jardín por la ventana. El almendro tiene flores blancas preciosas. El cielo está azul, limpio, sin nubes. Mariano mira a su madre. Está llorando, en silencio. Él siente rabia.

Oyen las campanas de la iglesia. Son las doce. Han estado sentados en silencio casi una hora. De repente suena el teléfono. La madre contesta:

—*Sí, diga. Ah, hola, tío Ignacio. Eres tú. ¿Cómo estás? ¿Cómo? ¿Que quieres felicitar a Mariano? Es verdad, hoy es su cumpleaños…*

Mariano, al oír su nombre, se levanta furioso, coge el teléfono de su madre con violencia y grita:

—*Oye, tío, no tienes que felicitarme nada. No queremos saber nada de ti. Eres un egoísta asqueroso…*

En este momento llaman a la puerta. La madre abre y entra Sebastián. Está muy contento, eufórico y grita:

—*¡Todo solucionado! ¡Tío Ignacio nos deja el dinero y sin intereses! Ya he estado en el banco con él.*

68

A. Dos verbos irregulares: *pedir* y *oír*.

Complete los diálogos con las formas adecuadas de los verbos *pedir* y *oír*, en presente de indicativo.

Verbo *oír*.

1. —¿Vosotros ....*oís*........... el teléfono? Llama alguien.
2. —Nosotros desde aquí no ....*oímos*..... nada.
3. —Yo escucho la radio y no ....*oigo*....... nada. Quizás llama tío Ignacio. ¿Tú ....*oyes*......... algo, papá?
4. —No, no ....*oigo*.......... nada.

Verbo *pedir*.

5. —Necesitamos 20.000 euros para pagar la hipoteca. Tú, Juan .....*pides*........... dinero a tu padre y nosotros ....*pedimos* al banco.
6. —Y yo, ¿a quien ......*pido*.........? ¿Y María?
7. —Vosotros ......*pedís*......... también al banco, pero ....*pedís*..... sólo 500 euros.

B. *Hay, ser, estar.*

Complete las frases con *hay* o con la forma adecuada de los verbos *ser* o *estar* en presente de indicativo.

1. En la mesa ....*hay*....... mil euros.
2. Sebastián ....*está*...... preocupado.
3. La casa ya ....*está*.......... hipotecada.
4. El hijo dice que su tío ....*es*.......... un sinvergüenza.
5. Mariano ....*está*....... furioso porque no tiene dinero.
6. «Tu tío ....*es*..... muy tacaño», dice el padre.
7. La casa ....*es*...... bastante grande.
8. El padre ....*está*.... desesperado.
9. Hoy el cielo ....*está*......... azul.

Ser:

Soy
eres
es
somos
sois
son.

estar –temp.

estoy
estás   estáis
está   están.
estamos

69

10. *En el jardín* ...... *hay* .... *dos almendros.*
11. *Los niños* ...... *están* .... *llorando.*
12. *Hoy* .... *es* .... *el cumpleaños del hijo.*
13. *En la casa* .... *hay* .... *un pequeño garaje.*
14. *«Tú* .... *eres* ...... *un egoísta, tío», dice el chico.*
15. *Al final Sebastián* .... *está* .... *muy contento porque*
    ya tiene el dinero.

C. Preposiciones.

Complete las frases con la preposición adecuada. En algunos casos hay que poner también el artículo.

1. *Necesito un millón* .... *de* ...... *euros.*
2. *Necesito el dinero antes* .... *del* ...... *lunes.*
3. *El banco ha dejado dinero* .... *a* .... *mi hermano.*
4. *Sebastián mira* .... *con* ...... *melancolía los árboles.*
5. *Sale* .... *de* .... *casa después* .... *de* ....
   comer.
6. *La madre y el hijo están sentados junto* .... *a* ....
   la mesa.
7. *Desde la cocina miran el jardín* .... *por* .... *la*
   ventana.
8. *El hijo mira* .... *a* .... *su madre.*
9. *Están sentados* .... *en* .... *silencio.*
10. *El tío quiere felicitar* .... *a* .... *su sobrino.*
11. *Sebastián viene* .... *del* ...... *banco a su casa* ....
    .... *con* *una buena noticia.*

D. *Muy, mucho.*

Complete las frases con *muy* o *mucho* (*mucha, muchos, muchas*).

1. *Sebastián trabaja* ....mucho.....
2. *El hijo está* ....muy..... *preocupado y tiene* ....
   .... *angustia.*
3. *El comedor es* ....muy........... *grande.*
4. *El banco ha dejado al hermano de Sebastián* ....
   .... *dinero.*
5. *Sebastián ha hablado con su tío* .... *veces.*
6. *El hombre está* ....muy......... *triste.*
7. *En la librería hay* .... *fotos.*
8. *El almendro tiene* .... *flores.*
9. *«Eres* ....muy...... *egoísta», dice el hijo de Sebastián.*
10. *En la calle hay* .... *coches.*

E. Una conversación.

Sebastián ha ido a ver al tío para pedir dinero. Trabajen ustedes en parejas (**A** es Sebastián y **B** el tío). Conversen ustedes según las siguientes instrucciones (pueden variar, si lo desean):

A y **B** se saludan.

A necesita dinero o tiene que vender la casa.

B: ¿Por qué?

A explica: (hermano, aval, etcétera).

B: **A** puede hipotecar.

A: Imposible porque…

B: **A** puede alquilar un piso.

A: Habla de su casa, por qué es importante para él y su familia.

B acepta; presta el dinero.

A agradece.

A y **B**: condiciones, cómo va a pagar, cuándo, etcétera.

A y **B**: se despiden.

*** La lubina

La caña de pescar se inclina ligeramente. *Ha picado un pez grande*, piensa Emilio. *Debe de ser una lubina.* Efectivamente, es una preciosa lubina. Emilio le saca con cuidado el anzuelo de la boca. El pez está todavía vivo y mueve la cola con energía.

—*Por favor, échame al mar. Déjame vivir. Te puedo hacer rico.*

Emilio mira a su alrededor. No hay nadie. ¡El pez habla!

—*Pero, ¿puedes hablar? ¿Qué tipo de pez eres? Los peces no hablan* —dice Emilio.

—*Los peces no hablan, pero yo sí. Es una historia muy larga. Pero me tienes que echar al agua, no puedo vivir fuera del agua. Mira, ¿ves aquella casa? Si me echas al agua, va a ser tuya.*

Emilio mira la casa, que está muy cerca de la playa, a menos de veinte metros. Tiene un jardín muy grande. Allí está su mujer. Está cogiendo unas naranjas de un árbol.

Emilio saluda a su mujer con la mano. *¿Qué haces en esa casa?*

Ella abre la verja del jardín y va a la playa, hacia donde está su marido.

—*Es fantástico* —dice—. *¿Cuándo has comprado esta casa tan bonita? Me encanta. ¡Y qué naranjas tan buenas!*

—*No la he comprado* —dice él—. *Es un regalo de este pez. Si lo echo otra vez al agua y le dejo vivir, la casa es nuestra para siempre. ¡Es maravilloso!*

—*¿Estáis contentos?* —pregunta el pez—. *Pero, por favor, me tienes que echar rápido al agua; si no, me muero.*

—*Ah* —dice la mujer—, *este pez es muy listo. Sólo nos quiere dar una casa. ¡Nosotros le damos la vida y él sólo nos da una casa! ¡La vida vale más que una casa! Y si él tiene poder, nos puede dar más cosas. Vamos a pedir más cosas, Emilio.*

—*Por favor, que me muero si no estoy en el agua* —dice el pez—. *Pedid algo, pero rápido.*

—*¿Lo ves?* —dice la mujer—. *¡Queremos un coche! Bueno, es que lo necesitamos para ir a trabajar, somos muy pobres, ¿sabes?*

—*Ya está el coche allí. ¿Estáis contentos ahora?* —pregunta el pez.

Emilio y su mujer miran hacia la casa. Efectivamente, en el jardín, debajo del naranjo, hay un magnífico coche de color azul.

—*Sí, sí* —dice Emilio, y va a echar el pez al agua.

—*Un momento, un momento* —dice la mujer—. *Tranquilo, chico. Yo quiero una cosa más, sólo una cosa más.*

—*¿Qué quieres?* —pregunta angustiado el pez.

—*Una máquina de lavar la ropa* —contesta ella—. *Tengo una, pero es muy vieja.*

—*Por favor* —le dice el marido—, *¿no has leído el cuento de Andersen? ¡Es lo mismo! ¡Vamos a perderlo todo por ambiciosos!*

—*Bah, eres un cobarde* —dice ella, y le da un golpe en el pecho.

En este momento, Emilio se despierta. Está en la cama. Su mujer le da otro ligero golpe en el pecho para despertarlo. Le dice:

—*Vamos, ya son las ocho. Tienes que levantarte para ir a pescar.*

—*¿Qué?* —pregunta él extrañado—. *¿Ha sido todo un sueño? ¿Y la casa nueva? ¿Y el coche?*

—*¿Qué casa?, ¿qué coche? ¡Vamos, vamos, levántate!*

A. ¿Qué animal es?

Indique con una flecha o línea cómo se llama cada uno de estos animales.

74

B. Imperativo afirmativo regular.

Conteste a estas preguntas con el imperativo de los verbos destacados en ellas. Utilice primero **tú/vosotros** y luego, **usted/ustedes.**

1. —¿Qué *bebo?*

   —................................ *agua mineral.*

2. —¿A quién *llamo?*

   —................................ *a la policía.*

3. —¿Qué *tomo* para ir al museo?

   —................................ *el autobús.*

4. —¿Qué número *marco?*

   —................................ *el 32 76.*

5. —¿A quién *escribo?*

   —................................ *al presidente.*

6. —¿Cuántas naranjas *compramos?*

   —................................ *dos kilos.*

7. —¿Qué coche *vendemos?*

   —................................ *el pequeño.*

8. —¿Cuántas botellas *subimos?*

   —................................ *dos.*

C. Imperativo afirmativo con el pronombre *me.*

Conteste a las preguntas, con el imperativo y el pronombre *me,*
como en el ejemplo. Tratamiento: **tú** y **vosotros.**

—¿Qué día *te llamo?*
—Llámame el lunes.

1. —Cuántas naranjas *te doy?*

   —................................ *tres.*

2. —¿Te dejo vivir?

   —Sí, por favor, ... *vivir.*

3. —¿Te echo al agua?

   —Sí, claro, ... *al agua.*

4. —¿*Cuántos libros **te regalo**?*

   —............................ *uno sólo.*

5. —¿*A qué hora **te llamamos**?*

   —............................ *a las cinco.*

6. —¿*Adónde **te escribimos**?*

   —............................ *a Madrid.*

7. —¿*Cuántas páginas **te leo**?*

   —............................ *tres o cuatro.*

D. Indefinidos: *alguien, algo, nadie, nada.*

Complete las frases con alguno de estos indefinidos.

1. —*Tengo que ir a mi casa. ¿*............................ *tiene coche?*
2. —*No, aquí* .... *tiene coche.*
3. —*Es que no llevo dinero para un taxi. No llevo* ....
   .... *¿Tú tienes* ....?
4. —*No, lo siento, no tengo* ...., *pero tengo tarjeta, si quieres.*
5. —*Perdonen, señores, ¿*............................ *sabe quién vive en esta casa?*
6. —*Señora, aquí no vive* ....
7. —*Necesito entrar. ¿Tiene usted* .... *para abrir la puerta?*
8. —*Lo siento, no tengo* ....

E. Demostrativos.

Complete las frases con el demostrativo adecuado: *este, aquel, esta, aquella* y las formas en plural.

1. —............................ *semana vamos a Madrid.*
2. —............................ *coche que hay aquí, ¿es de Juan?*
3. —............................ *casa que hay allí es muy bonita.*

4. —¿De quién son .... zapatos que hay en
   la otra casa?
5. —Aquí están mis libros.
   —¿Tú has leído todos .... libros?
6. —Escribo .... carta a mi abuela.
7. —¿Ya están en la casa nueva .... naranjas
   que ha comprado tu hermano?

F. Conteste a las preguntas.

1. ¿Qué piensa Emilio cuando ve que la caña se inclina?
2. ¿Qué le dice el pez a Emilio?
3. ¿Por qué quiere el pez estar en el agua?
4. ¿Qué ve Emilio desde la playa?
5. ¿Qué dice la mujer sobre la casa?
6. ¿Está contenta con la casa o quiere más? ¿Qué dice?
7. ¿Qué dice Emilio?
8. ¿Cómo acaba la historia?

G. Cuente un cuento.

Trabajen en grupos de cuatro o cinco personas. Los miembros
del grupo piensan en un cuento de su país, de su región o de otro
país. Buscan algunas palabras en un diccionario. Escriben algunas frases para recordar mejor. Luego cada uno de los miembros
del grupo cuenta el cuento al resto del grupo.

El conejo en la jaula

***

—*Pregunta tu jefe si queremos cenar con él. Va a hacer una bar-bacoa.*

José mira a su mujer con un gesto de disgusto.

—*Por favor, Carmen* —contesta—. *¿Por qué dices siempre «tu jefe»? Se llama Francisco Prado y aquí no es mi jefe. Es nuestro ve-cino. ¿Comprendes?*

—*Bueno, bueno, jefe, vecino o Paco. Pregunta si queremos cenar con él* —dice ella con una sonrisa irónica.

—*Hombre, la barbacoa no me gusta, pero no podemos decir que no* —dice José—. *De todas formas, es mi jefe. Además, dentro de todo, es simpático y no es mala persona.*

—*Claro que no* —dice ella—. *Entonces, vamos.*

José y su mujer salen de su casa con el perro, un hermoso *setter* irlandés. Cruzan la calle y tocan el timbre de la casa de Francisco. El señor Prado es el jefe de la tienda de electrodomésticos donde trabaja José. Es un hombre gordo que lleva chaqueta y corbata de color gris todo el año. También ahora, aunque está en el jardín preparando la barbacoa y hace bastante calor. Vive solo, en una casa adosada, con un jardín bastante grande. Es una urbanización nueva muy grande y las casas son todas idénticas. Hasta los jardines son iguales. Todos los cuida el mismo jardinero y ha plantado las mismas plantas. Lo único que diferencia esta casa de las que hay al lado, es el lujoso coche, que está aparcado enfrente de ella.

Poco más tarde están los tres sentados junto a una mesa blanca de plástico. De vez en cuando se levantan para sacar la carne de la barbacoa.

—*Buenísima. La carne está buenísima. ¿Dónde la compra?* —pregunta Carmen.

—*Me la traen de fuera. Es una carne especial que no se encuentra por aquí. La venden unos argentinos.*

—*Hombre, los argentinos son el número uno en carne* —dice José, para continuar la conversación. Lo importante es no hablar de política ni de religión. Su jefe es católico y conservador, y él es ateo y de izquierdas.

—*¿Qué es aquello? ¿Una jaula?* —pregunta la mujer mirando hacia el fondo del jardín—. *¿Tiene gallinas?*

—*Ah, no* —contesta el jefe—. *Es un conejo de mi sobrina. Ella vive en un piso, en el centro, y no tiene espacio. Está loca con su conejo. Yo lo cuido como a un hijo. Me va bien porque así ella viene a verme por lo menos tres veces por semana. Bueno, viene a ver al conejo, pero…*

—*¡Qué original!* —dice José—. *Además, un animal hace compañía. Nosotros tenemos a nuestro perro.*

Unos días más tarde, José y su mujer están en su casa mirando la televisión. Es de noche, pero como hace calor, tienen la puerta de la casa abierta. De pronto entra el perro con un conejo muerto en la boca. El perro se sienta en el suelo, junto a la entrada. El conejo está sucio, lleno de arena. José reconoce el conejo de su vecino.

—*¡Dios mío! Si es el conejo de mi jefe. ¡Sí que la hemos hecho buena!* —exclama.

—¡Es terrible! —dice la mujer—. *El conejo de su sobrina. Pero, ¿qué has hecho, Dumbo? ¿Qué va a decir ahora el señor Prado? ¿Qué hacemos, Dios mío?*

—*Un momento. Tengo una idea. Como el señor Prado no está en casa y es de noche, podemos ir a poner otra vez el conejo en la jaula. Y no decimos nada. Nunca va a saber que hemos sido nosotros.*

Mientras la mujer vigila la casa de Prado, el marido entra en el jardín y coloca otra vez el conejo en la jaula. Después se van a dormir, llenos de angustia.

Al día siguiente, cuando salen de su casa, todavía nerviosos, se encuentran al señor Prado junto a su elegante coche. José saluda primero:

—*Buenos días. ¿Todo bien?*

—*Buenos días, señor Prado* —dice ella—. *Qué día tan bonito, ¿verdad?*

—*Hola, buenos días* —dice el señor Prado—. *Sí, sí, todo va bien. Bueno, la verdad es que me ha pasado una cosa muy rara.*

—*Ah, ¿sí?* —preguntan los dos a la vez. Están muy excitados.

—*Sí, escuchen. El conejo de mi sobrina se ha muerto hace unos días y lo he enterrado en el jardín.*

—*¿Quééé?*

—*Sí, pero lo extraño es que ahora está otra vez en la jaula, aunque muerto, claro, y lleno de arena. No entiendo nada.*

A. ¿Cómo se llama la ropa?

Si quiere ayuda, mire la hoja del bloc.

zapatillas   corbata

sombrero   abrigo

sandalias   gorra

camisa   camiseta   zapatos

calcetines

medias   pantalón

bermudas   chaleco

falda

chaqueta   vestido

B. Verbo *sentarse.*

Complete el diálogo con la forma adecuada del verbo *sentarse* en presente de indicativo.

1. —*Bienvenidos todos a la fiesta. Vamos a ver, usted, señor Prado, ... allí, en el centro. Mi mujer .... a su lado derecho y yo .... a su izquierda.*

2. —*¿Y yo?*

3. —*Tú, Juan, ... aquí, junto a la sobrina del señor Prado.*

4. —*Y nosotros, ¿dónde ....?*

5. —*Ah, perdón, vosotros .... aquí enfrente, al lado de la puerta.*

C. *Nada, nadie, nunca.*

Conteste a las preguntas con *nada, nadie* o *nunca.*

1. —*¿Cuántas veces habéis estado en Bolivia?*
   —*No ....*

2. —*¿A quién has visto?*
   —*No ....*

3. —*¿Qué has comprado?*
   —*No ....*

4. —*¿Con quién has estado?*
   —*No ....*

5. —*¿Qué habéis comido?*
   —*No ....*

6. —*¿Has estado en Cádiz muchas veces?*
   —*No ....*

D. Conteste a las preguntas.

Conteste a las preguntas o a las afirmaciones con alguna de las frases o expresiones que hay en la hoja del bloc.

> a. ¡Qué original!
> b. De todas formas,
> c. Tengo una idea:
> d. No, ¡es terrible!
> e. Claro que no.
> f. ¡Sí que la has hecho buena!

1. —*En la tienda de electrodomésticos me pagan muy poco.*
   —*............................ ganas más que yo.*

2. —*Ha llamado una señora. Le he dicho que estaba loca. ¡Y era la mujer del jefe!*
   —*............................*

3. —*¿Sabes que se ha muerto la hermana de Juan en un accidente de coche?*
   —*............................*

4. —*Mañana es el cumpleaños de Isabel. ¿Qué le regalamos?*
   —*............................ ¡Compramos un conejo!*

5. —*Yo creo que el señor Prado no es mala persona.*
   —*............................*

6. —*Y ésta es una corbata para el perro.*
   —*............................, un perro con corbata.*

E. *Ser* o *estar*.

Complete las frases con la forma adecuada de los verbos *ser* o *estar* en presente de indicativo.

1. *Francisco Prado .... mi jefe.*
2. *Su coche .... aparcado en la calle.*
3. *Las ventanas de su casa .... abiertas.*
4. *Francisco hoy .... un poco cansado, pero ....*
   simpático y no .... mala persona.
5. *Sus amigos .... en el jardín.*
6. *El conejo .... sucio y .... lleno de arena.*
7. *Todos los jardines .... iguales.*
8. *La mesa blanca .... de plástico.*
9. *La sobrina .... loca con su conejo.*
10. *La carne .... argentina.*
11. *Yo no .... excitado, de verdad.*

F. Conteste a las preguntas.

1. *¿Qué relación tienen José y Carmen con el señor Prado? ¿Qué piensan de él?*
2. *¿Cómo es el señor Prado? ¿Qué hace? ¿Cómo vive?*
3. *¿Sobre qué conversan los tres amigos? ¿Qué dicen?*
4. *¿Qué ha hecho el perro? ¿Qué piensan José y Carmen cuando ven al perro con el conejo?*
5. *¿Qué idea tiene José cuando ve al perro con el conejo? ¿Por qué quiere hacer eso?*
6. *¿Qué pasa cuando José y su mujer se encuentran al señor Prado al día siguiente, al salir de casa?*
7. *¿Qué es lo que el señor Prado no entiende? ¿Por qué no lo entiende?*

El encuentro

«Hola, carlos@decasa.es. ¿Cómo va todo por Madrid? Aquí en Segovia hoy hace mucho frío. Está todo nevado. A mí me encanta la nieve, así que mañana sábado voy a esquiar. ¿Tú esquías?»

«Hola, anauto@teleline.es. Gracias por tu mensaje. Me gusta mucho hablar contigo. Eres una persona muy agradable. ¿Por qué no nos vemos un día en Madrid o en Segovia? Ven a Madrid y podemos vernos en una cafetaría y charlar. Ah, a mí también me gusta esquiar. Si quieres podemos esquiar un día juntos. Di algo.»

Carlos lleva ya casi un mes conversando con esa enigmática mujer por Internet y tiene muchas ganas de conocerla personalmente. Sin duda está enamorado. Él cree que ella también tiene interés por él.

Él vive en un pequeño apartamento, en Carabanchel, un barrio de Madrid. Cuando está en casa, está todo el día pegado al ordenador. Le encanta navegar por Internet y participar en grupos de *chat*. Tiene amigos en casi todo el mundo, aunque sólo sabe escribir en español.

El ordenador está en la cocina y desde allí ve todo el apartamento: su habitación, la pequeña sala de estar y la puerta del cuarto de baño. La cama está sin hacer y el pijama, en el suelo; en la sala de estar está también todo en desorden. Hay una bandeja con restos de comida y una lata de cerveza vacía en una mesita, junto al sofá. En el sofá hay ropa, diarios viejos, un par de libros y algunos vídeos. Carlos sonríe. *Desde luego, es la casa típica de un soltero,* piensa. *Se nota que aquí no hay una mujer.* Deja de sonreír cuando piensa en su desgraciado matrimonio y en el doloroso divorcio, hace ahora dos años y medio. Por suerte, no tenían hijos. Su mujer, Teresa, era una persona depresiva, muy tímida y muy poco sociable. Nunca tenía una opinión propia, original. Nunca hacía nada divertido. Carlos la abandonó por eso, porque con ella se aburría mucho. Eso es, al menos, lo que él piensa.

Una mañana recibe un mensaje de su amiga y está muy feliz. Ella le dice que va a ir a Madrid y que se pueden encontrar en una cafetería que ella conoce en la calle de San Bernardo. Carlos se pone su mejor traje, la camisa más limpia y mejor planchada y se limpia los zapatos. Antes de salir se mira en el espejo. *No está mal,* piensa. *Por lo menos estoy mejor que otras veces.* La verdad es que no tiene mal aspecto. Tiene cuarenta y cinco años, pero parece más joven. Se echa un poco de colonia en el pelo y sale a la calle.

Hace un día estupendo, con sol, sin demasiado calor. Mientras se acerca al centro en el coche, piensa en la mujer que va a ver dentro de poco. Por lo que ella ha escrito, ya sabe que tiene poco más de cuarenta años, que «ahora» es rubia, no muy alta, pero tampoco baja, bastante guapa, que habla un poco de inglés, que le gusta el deporte y la música, que viaja mucho y que tiene una pequeña imprenta con una amiga.

Carlos ya tiene una imagen muy clara de ella. Para ir a la cafetería, ella le ha dicho que va a llevar una chaqueta roja, boina también roja y un bolso y falda azules. Ella ya sabe también, con todos los detalles, cómo va vestido él.

Carlos aparca el coche en la misma calle de San Bernardo. *Hoy es un día de suerte* —piensa—, *he encontrado aparcamiento sin problemas.* Baja del coche, se pasa la mano por el pelo y entra en la cafetería. ¡Allí, en la primera mesa, está ella! ¡Guapísima, con su chaqueta roja, la boina también roja, el pelo rubio…!

—*Pero ¡si eres tú, Teresa! ¡Mi ex!*

—*Y tú, Carlitos, mi ex marido. ¡Ya es casualidad!*

—*¡Estás estupenda, guapísima, Teresa! ¿Qué has hecho?*

—*Bueno, soy la misma, aunque he cambiado bastante. Y tú también estás muy guapo, la verdad. Antes eras guapo, pues ahora estás aún mejor. Ven, siéntate a mi lado.*

Carlos se sienta a su lado y le toma las manos. Los dos se quedan quietos, mirándose a los ojos, melancólicos y alegres al mismo tiempo, como dos enamorados, con las manos cogidas con fuerza.

A. *Todo, todos.*

Complete las frases con *todo*, *todos* y sus formas femeninas.

1. —*¿Has leído* .... *los mensajes que te he enviado?*

2. —*Sí, y he contestado a* .... *tus preguntas. He estado* .... *el día en casa.*

3. —*Yo también he estado casi* .... *la mañana con el ordenador.*

B. Imperativo afirmativo irregular.

Conteste a estas preguntas con el imperativo de los verbos destacados en ellas. Utilice primero **tú/vosotros** y luego, **usted/ustedes**.

1. —*¿Qué disco **pongo**?*

   —.......................... *uno de Julio Iglesias.*

2. —*¿A qué hora tengo que **venir**?*

   —.......................... *a las tres y cuarto.*

3. —*¿Cuántas tortillas **hago**?*

   —.......................... *sólo dos.*

4. —*¿Qué tengo que **decir** la policía?*

   —.......................... *la verdad, que no has visto nada.*

5. —*¿Por dónde puedo **salir**?*

   —.......................... *por la puerta de detrás.*

6. —*¿Cuándo tenemos que **venir**?*

   —.......................... *el jueves.*

7. —*¿Cuántos bocadillos **hacemos**?*

   —.......................... *cuatro o cinco.*

8. —*¿**Venimos** con ropa de invierno?*

   —*No, aquí hace calor.* .... *con ropa de verano.*

C. Indefinidos.

Complete los diálogos con alguno de estos indefinidos: *algún, alguno, ningún, ninguno, alguna, ninguna.*

1. —*Perdón, ¿sabe si hay* .... *cafetería por aquí?*

2. —*No, no hay* .... *Quizás puede encontrar* .... *bar al final de la calle.*

3. —*Buenos días. ¿Tiene* .... *libro sobre Internet?*

4. —No, señora, no tengo .... He tenido ....
   .... sobre ordenadores, pero ahora no tengo
   .... libros. Sólo tengo revistas y periódicos.
   Si quiere .... revista...

5. —¿Revistas? No, no quiero .... Muchas
   gracias.

D. Forme frases.

Forme frases combinando las dos columnas.

1. Me encanta
2. Eres una persona muy   a. de poco.
3. Vamos a esquiar   b. dos años.
4. Carlos lleva   c. de salir.
5. Tengo ganas de   d. de sonreír.
6. Carlos está   e. que Carlos vive solo.
7. La cama está   f. de un soltero.
8. Es la casa típica   g. un mes conversando por
9. Se nota   Internet.
10. Carlos piensa cosas
    tristes y deja   h. la nieve.
11. Se ha divorciado hace   i. agradable.
12. Voy a ver a Teresa   j. enamorado de ella.
    dentro   k. juntos.
13. Carlos ha llamado a   l. sin hacer.
    Teresa antes   m. conocer a Teresa.

E. ¿Qué opinan ustedes?

Trabajen en parejas (**A** y **B**). **A** pregunta a **B** su opinión sobre los fenómenos o actividades que hay aquí abajo (u otras). **B** contesta. Luego **B** pregunta y **A** contesta. Varíen entre el tratamiento de **tú** y el de **usted**.

¿Qué opina sobre…

la nieve?	viajar?
el frío?	la ecología?
el calor?	la pobreza?
la playa?	la cómida rápida?
esquiar?	las costumbres españolas?
navegar por Internet?	las costumbres en… (un país)?
los coches?	los toros?
el deporte?	…
la música?	(Complete usted mismo la lista.)

Para pedir opinión.

¿Qué opinas (opina) sobre…?
¿Te (Le) gusta(n)…?
¿Que te (le) parece(n)…?

Para expresar su opinión.

Opino que…
Creo que…
En mi opinión…
(No) me gusta(n)…
Me encanta(n)…
Me parece…
Lo encuentro…

positivo	estupendo	malo
bien	fantástico	feo
bueno	negativo	fatal
bonito	mal	terrible

Teresa está en casa, nerviosa. Está esperando la llamada de Enrique, un chico que ha conocido hace unos días en una discoteca. Tenía que llamar el viernes después del trabajo, a eso de las ocho. Ya son las diez y aún no ha llamado.

—*No sé qué hacer* —le dice a su amiga Ana—. *Pensábamos ir a la playa este fin de semana Él tiene un pequeño apartamento.*

—*¿Tiene coche?* —pregunta Ana.

—*No, pero mi padre me deja el Seat* —contesta Teresa.

—*¿Por qué no le llamas tú?*

—*No, tiene que llamar él. Si no llama es que no tiene interés en mí. Es un chico muy guapo y todas las chicas van detrás de él* —dice Teresa.

—Bah, eso lo dices siempre. Es que tú no te valoras. Siempre crees que los demás valen más que tú. Tienes que tener más confianza en ti misma.

—No, no, ahora es verdad —protesta Teresa—. Tú no lo conoces. Es guapísimo. No entiendo por qué quiere salir conmigo. Bueno, sí que lo entiendo, porque si no me llama, es que no tiene interés. ¡Qué mala suerte!

—Yo creo que él tiene mucho interés por ti, pero disimula. Se hace el interesante. Es para aumentar tu interés. Pero no importa, chica. Mañana vamos a la playa tú y yo. Podemos ir con Antonio y su hermano, que son muy guay. Antonio tiene coche. Yo le llamo.

El sábado por la mañana Enrique aún no ha llamado. Ana y sus amigos pasan a recoger a Teresa por su casa muy temprano. Pasan juntos el fin de semana en un pequeño pueblo de la costa, y el domingo por la noche regresan a la ciudad.

Cuando llega a su casa, Teresa escucha los mensajes del contestador:

«Piiip. Hola, Teresa. Perdona, pero ayer no te pude llamar. Es que tenía mucho trabajo. Ahora son las nueve del sábado. Yo estoy preparado para ir la playa. Si tu padre te deja el coche, puedes pasar por mi casa a las 10. Yo no he tenido tiempo de comprar comida, pero quizás tú tienes algo en la nevera. Vamos a estar en el pueblo sólo dos días, así que no necesitamos demasiadas cosas. Si tienes problemas, me llamas. Ah, ¿puedes llevar una botella de vino y un poco de aceite? Chao.»

«Piiip. Hola, Teresa. Soy yo otra vez. Son las 11. ¿Qué pasa? Supongo que has ido al súper a comprar la comida. Oye, mira, no necesitas llevar toda la comida tú. Yo tengo pan y un pollo. ¿Me puedes llamar, por favor? ¿Puedes pasar por mi casa a eso de las 12? Chao.»

«Piiip. Teresa. Soy Enrique. ¿Te acuerdas de mí? Te he llamado dos veces. Son las tres de la tarde. Mira, en casa tenía comida. Yo llevo toda la comida y el vino. Te espero.»

«Piiip. Teresa, soy Enrique. Son las cinco de la tarde. Si quieres, aún podemos ir a la playa. Yo llevo toda la comida y el vino. Además, ahora tengo el coche de mi hermano. Puedo pasar por tu casa. ¿Me puedes llamar y decir a qué hora puedo venir?»

«Piiip. Hola, Teresa. Soy Enrique otra vez. Estoy solo y tengo muchas ganas de estar contigo. Si no quieres ir a la playa, podemos ir a cenar a algún restaurante. Yo te invito. Espero tu llamada.»

92

A. Comparativo.

Trabajen en parejas (**A** y **B**). **A** hace preguntas como *¿Quién tiene más hermanos que…?* **B** contesta. Imaginen otros datos. (Puede usar en algún caso: *mayor, menor, mejor, peor.*)

Datos sobre Teresa
Edad: 22 años
Altura: 175 cm
Peso: 65 kg
N.º de hermanos: 3
Gana: 1.490 euros/mes
Vacaciones: 30 días
Conduce el coche: muy bien
Vive: a dos km de Madrid
Habla: español, francés e inglés

Datos sobre Juan
Edad: 24 años
Altura: 183 cm
Peso: 76 kg
N.º de hermanos: 3
Gana: 1.350 euros/mes
Vacaciones: 35 días
Conduce el coche: regular
Vive: a cinco km de Madrid
Habla: español e inglés

B. Pronombres objeto directo.

Complete los diálogos con los pronombres y los verbos en la forma adecuada. Conteste afirmativamente (**sí**) o negativamente (**no**).

1. —*¿Conoces a Juan?*

   —.............................

2. —*¿Entiendes la pregunta?*

   —.............................

3. —*¿Has escuchado los mensajes?*

   —.............................

4. —*¿Me has oído en la radio?*

   —.............................

5. —*¿Has visto a mis hermanos?*

   —.............................

6. —*¿Has comprado el pollo?*

   —.............................

C. Pronombres objeto indirecto.

Complete los diálogos con los pronombres adecuados.

1. —*Perdón, ¿qué me dices?*
   —............................ *digo que no vamos a la playa.*
2. —*Y ¿qué le digo yo a Ana?*
   —............................ *dices eso, que no vamos a la playa.*
3. —*¿Tienes coche?*
   —*Si mi padre* .... *deja uno, sí.*
4. —*¿Qué dices? ¿Tu padre* .... *deja el coche?*
   ¡Fantástico!
5. —*Además, si vamos a su casa, a ti y a mí* ....
   .... *invita a comer.*
   —*¡Qué bien!*

D. Posesivos: *mío, tuyo suyo.*

Complete las frases con los posesivos: *mío, tuyo, suyo,* etcétera.

1. —*¿De quién es este libro?*
2. —*Lo he comprado yo. Es* ....
3. —*Si lo has comprado tú, es* ...., *claro.*
4. —*¿Y éste?*
5. —*Lo ha comprado Juan.*
6. —*Entonces es* ....
7. —*¿Y esas botellas?*
8. —*Las hemos comprado nosotros. Son* ....
9. —*Este reloj también lo habéis comprado vosotros, ¿no?*
   ¿Es ....*?*
10. —*Y estos discos también los has comprado tú. Son también* ....

E. Complete las frases con las palabras de la bolsa.

1. *Juan llegó .... las ocho.*
2. *El padre de Ana me .... el coche.*
3. *No tienes confianza en .... misma.*
4. *¡Qué .... suerte!*
5. *Juan .... el interesante.*
6. *Para vivir no necesitamos .... cosas.*
7. *—¿Qué .... tú?*

   —Yo .... que Ana no va a venir.
8. *Enrique tiene .... de ver a Teresa.*

F. Verbo *acordarse*.

Complete el diálogo con la forma adecuada del verbo *acordarse* en presente de indicativo.

1. *—¿Vosotros .... de Teresa?*
2. *—No, no .... Pero creo que mi madre sí .... Un momento. ¡Mamá! ¿Tú .... de Teresa?*
3. *—Claro que .... Era la amiga de Enrique. Ahora vive en Brasil.*

G. Mensajes en el contestador.

Deje los siguientes mensajes en el contestador. También tiene que saludar, decir cuándo llama, desde dónde llama, despedirse, etcétera.

1. *Usted y su amiga Teresa tenían que ir a la playa. Usted pensaba pasar por su casa en coche a las 10. Pero tiene problemas y no puede. Explique por qué no puede y qué piensa hacer.*

2. *Usted llega a Madrid. Tiene un amigo/una amiga que conoció hace tres años. ¿Se acuerda de usted? Diga quién es, dónde está y cómo, cuándo y dónde pueden verse.*

3. *Mire el periódico (o imagine que lo mira). ¿Hay algo interesante para hacer (teatro, cine, exposiciones, música...)? Llame a un amigo/una amiga.*

4. *Usted va a hacer un pequeño viaje en coche. Pregunte a su amigo/amiga si quiere venir con usted. Diga con detalle dónde y cuándo va a ir.*

Hay una cosa que no me gusta nada: ¡las rebajas! Las odio. Todo son inconvenientes. No me gustan las colas, no me gusta el calor, no me gusta estar con mucha gente. Pero, a pesar de eso, todos los años me pasa lo mismo. Cuando llegan las rebajas de enero, el primer día por la mañana, cuando abren la puerta, ya estoy allí. Es una necesidad, un vicio. Yo creo que es una enfermedad, pero el médico dice que no. Dice que es normal.

Este año, naturalmente, ha ocurrido igual. Primero dije: *¿Rebajas? ¿Yo? ¡Nada, nada, no quiero ir a las rebajas!* Pero llegó enero, llegaron las rebajas y pensé: *La ventaja de las rebajas es que todo es más barato.* Por la mañana, el primer día, yo estaba ya en la puerta de los grandes almacenes. Resultado: un desastre. Y ahora, he dicho, en serio, que ésta ha sido la última vez.

Como digo, el día que empezaron las rebajas fui a los almacenes. Hacía frío y yo llevaba una chaqueta roja de lana y un abrigo verde. El abrigo era un regalo de mi marido por el día de Reyes. Cuando estaba dentro de los almacenes busqué mis gafas. ¡No las llevaba! Estaban en casa, en mi abrigo viejo, claro. *No importa, pensé, si estoy en unos almacenes con rebajas, puedo encontrar gafas bonitas y baratas.*
Estaba en la planta baja. Allí estaba la sección de óptica. Había muchas gafas. *¡Fantástico!, pensé.* Compré unas gafas muy baratas, de montura blanca, con unos corazones monísimos, dorados, a los lados. Son unas gafas que venden ya graduadas. Veía las cosas un poco borrosas, pero bueno...

Subí a la segunda planta, donde estaba la ropa de señoras. Había unos vaqueros muy originales. Fui al probador y me puse los pantalones. *Estos vaqueros me gustan mucho. Me quedan muy bien,* le dije a una dependienta, *pero me veo muy delgada. ¡Qué extraño!*
—Señora —dijo la dependienta—, *es que usted no está delante de un espejo. Está delante de la foto de una modelo. El espejo está aquí.*
La dependienta me tomó de la mano y me puso delante de un espejo. Allí vi que los pantalones eran muy feos y que yo estaba gorda.

Salí de aquella sección. Subí a la tercera planta. Allí estaban las rebajas de ropa de invierno. Había una mesa enorme llena de chaquetas y abrigos. Parecían de buena calidad y eran muy baratos. Estaba lleno de gente y hacía mucho calor. Yo casi no podía mirar nada, porque llevaba en las manos el bolso, la chaqueta, el abrigo, un pañuelo... La gente gritaba y empujaba.
—*Señora, por favor* —dije.
—*Oiga, que soy un señor. ¿No ve el bigote?* —me dijo un hombre furioso.
—*Perdone, perdone. Es que no veo bien. Además, ¿es malo ser mujer?* —contesté yo— *¡Qué machista es usted!*

Me parece que mis argumentos no le gustaron. Me miró furioso y se fue. Yo me fui también, pero ahora en mis manos ya no tenía ni mi chaqueta ni mi abrigo. Alguien pensó que eran cosas de rebajas y las cogió. Me fui a casa muy triste, con unas gafas que no servían para nada, y sin mi chaqueta y mi abrigo nuevos. ¡Otras rebajas que han sido un desastre! Pero esta vez es verdad. ¡Nunca más unas rebajas para mí!

A. Complete las frases con verbos.

Complete las frases con la forma adecuada de los verbos que están entre paréntesis. Elija entre el presente de indicativo y los pretéritos perfecto, indefinido e imperfecto.

Mi novio y yo .... (1. vivir) ahora en Barcelona. El año pasado los dos .... (2. ir) un día a Madrid. .... (3. estar) exactamente seis horas en la capital de España. Mi novio .... (4. tener) ganas de ir al Museo del Prado. Y como yo lo .... (5. ver) ya varias veces, no .... (6. querer) ir. Entonces yo le .... (7. decir) a mi novio que yo .... (8. querer) ir al Thyssen, que es otro famoso museo madrileño. Mi novio me .... (9. decir): «Yo .... (10. estar) allí hace dos años con los compañeros del instituto y no .... (11. querer) verlo otra vez. Al final, no .... (12. ver) ni el Prado ni el Thyssen. .... (13. ir) a El Corte Inglés y .... (14. comprar) los recuerdos típicos de Madrid, de plástico, claro. Y eso es exactamente lo que .... (15. hacer) siempre que viajamos. ¡De cultura, nada!

B. ¿Pretérito o imperfecto?

Complete las frases con la forma adecuada de los verbos que están entre paréntesis. Elija entre el pretérito indefinido o el imperfecto.

Ayer yo .... (1. salir) *de casa a las ocho.* .... (2. hacer) *frío. El cielo* .... (3. estar) *completamente azul.* .... (4. llegar) *a los almacenes a las diez menos cuarto. Las puertas* .... (5. estar) *cerradas.* .... (6. haber) *mucha gente esperando. A las diez en punto una señora* .... (7. abrir) *las puertas. Nos* .... (8. decir) *que las rebajas* .... (9. estar) *en la primera planta. Todos nosotros* .... (10. subir) *allí.* .... (11. entrar) *en una gran sala, que* .... (12. estar) *llena de ropa de hombre. Nosotras* .... (13. ser) *casi todas mujeres y casi todas* .... (14. querer) *comprar algo para nosotras. Pero al final* .... (15. salir) *todas de allí, muy contentas, con bolsas llenas de ropa para señores. ¡Las rebajas son las rebajas!*

C. Preposición + pronombre personal.

Pilar García vuelve a su casa de las rebajas con una bolsa llena de ropa y la reparte entre sus hijos. Complete el diálogo con las preposiciones y el pronombre personal (*para mí, con él,* etc.), como en el ejemplo.

1. MADRE: —*Estos zapatos son **para Ana**.*
2. ANA: —*¿**Para mí**? ¡Qué bien!*
3. MADRE: —*Y este jersey es para José.*
4. ANA: —*¿.........................? ¡Es precioso!*
5. MADRE: —*Y esta chaqueta, para mí.*
6. JOSÉ: —*¿.........................? ¿No es un poco pequeña?*
7. MADRE: —*No, hombre no. Y estos pañuelos son para Ana y José.*
8. ANA y JOSÉ: —*¿Son ....? ¡Qué bien! Hay muchos, ¿no?*
9. MADRE: —*Sí y son muy buenos. Ah, y estos guantes son para Isabel.*
10. ISABEL: —*¿.........................? ¡Son preciosos! ¡Qué color!*
11. ANA: —*¿Son ....?*
12. MADRE: —*Sí, Isabel, son ....*

D. Posesivos: *mío, tuyo...*

Al día siguiente, el padre ve toda la ropa encima de la mesa y no sabe de quién es. Conteste como en el diálogo anterior.

1. PADRE: —*¿Estos zapatos son de Ana?*
2. PILAR: —*Sí, papá, son ....*
3. PADRE: —*¿Y estos pañuelos? ¿Son de Ana y José?*
4. ANA y JOSÉ: —*Sí, sí, son ....*
5. PADRE: —*¿Y esta chaqueta? ¿Es de Pilar?*
6. PILAR: —*Sí, claro, es ....*
7. PADRE: —*Bueno, y estos guantes son míos, ¿no?*
8. JOSÉ: —*Creo que sí, papá, son ....*
9. PADRE: —*¿Y la chaqueta negra?*
10. JOSÉ: —*Es también ...., papá.*

E. ¿Cuánto cuesta?

Trabajen en parejas. **A** pregunta y **B** contesta. Luego pregunta **B** y contesta **A**. Imaginen otros objetos y digan algo sobre ellos, como *¿Cuánto cuesta este bolso negro/tan bonito/pequeño,* etcétera?

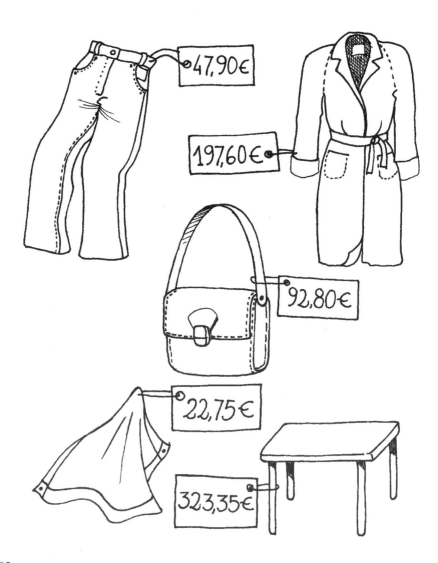

F. Ventajas e inconvenientes.

Trabajen en parejas (**A** y **B**). Usen el diccionario. **A** y **B** piensan en las ventajas e inconvenientes de estas seis cosas. Escriban una pequeña lista. Luego comparen la lista y discutan sus opiniones.

1. *Las rebajas.*
2. *Vivir en el campo o en la ciudad.*
3. *Vivir en la casa de los padres a los treinta años, o vivir independiente o solo.*
4. *Tener una empresa propia, o estar empleado.*
5. *Tener coche o no tenerlo.*
6. *Tener muchos hermanos, o tener pocos o ninguno.*

El día que asesinaron a Eladio, casi todo el pueblo fue a la plaza del Ayuntamiento para conocer más detalles. Eladio era un anciano, muy pobre, que vivía solo y no hablaba con nadie.

El comisario Vera, que había venido al pueblo a pasar unos días de vacaciones, miraba a la gente de la plaza desde la puerta del bar que hay junto al Ayuntamiento.

¿Crimen perfecto?

—*Ha sido una muerte muy violenta. ¿Usted cree que el asesino puede ser del pueblo?* —preguntó al hombre que estaba a su lado. Se llamaba Isidro Bayo y era el dueño del bar. Era un hombre bajo, fuerte, de piel gruesa, quemada por el sol.

—*Aquí todos usamos el hacha y todos somos un poco violentos. Pero eso de matar a un hombre…* —respondió Bayo.

—*El asesino ha tenido suerte* —dijo el inspector—. *La tormenta que ha caído después del crimen ha borrado todas las huellas. Sólo sé que tiene que ser una persona muy alta y fuerte.*

—*Y eso ¿por qué lo piensa?*

—*Por la forma y la profundidad de la herida.*

—*Aquí hay mucha gente fuerte* —dijo el hombre.

—*Sí, sí, ya lo veo. Pero hay otro detalle. En el patio hay varios hoyos* —dijo el inspector.

—*Quizás Eladio pensaba plantar algunas plantas.*

—*Un hombre del campo no hace los hoyos para las plantas así. Parece que alguien buscaba algo.*

—*¿Qué podía buscar allí? Eladio no tenía dinero* —dijo el hombre. El inspector le miró a los ojos y le dijo muy despacio:

—*Yo no he dicho que buscaba dinero. Podía buscar una pistola, un papel, mil cosas. Yo qué sé.*

—*Ah, claro* —el hombre estaba nervioso.

—*¿Usted conocía a Eladio?*

—*Aquí nos conocemos todos.*

—*Lo puedo preguntar de otra forma: ¿tenía alguna relación especial con él?*

—*No, ninguna. Él no hablaba con nadie y tampoco conmigo. Pero, ¿sospecha de mí?*

—*Sospecho de todo el mundo.*

—*Pero ha dicho que el asesino era un hombre alto, ¿no? Entonces no puedo ser yo.*

—*Eso lo vamos a saber pronto* —dijo el inspector, y salió del bar. Fue al centro de la plaza y habló con la gente que había allí.

Isidro Bayo lo veía desde el interior del bar. El inspector hablaba con la gente y anotaba algunos datos en un pequeño cuaderno. Un grupo de hombres que estaba a su alrededor hablaba y gesticulaba.

Más tarde, el inspector regresó al bar.

—*Ya está solucionado* —dijo.

El hombre sonrió y preguntó:

—*¿Ya ha detenido al asesino?*

—*No, no lo puedo detener, porque no ha dejado huellas* —dijo el inspector—. *Es un hombre que ha pasado por el pueblo, ha oído que Eladio tenía un tesoro enterrado en el patio, lo ha matado y ha desaparecido.*

—¿Y el tesoro? —preguntó el hombre.

—Usted lo sabe. No hay tesoro. Eladio no tenía dinero. Alguien hizo creer a todo el mundo que Eladio tenía una fortuna enterrada en el jardín. Ya sé quién se inventó la «noticia». ¡Fue usted! Usted pensó: «Si creen que tiene un tesoro, alguien lo va a matar.»

—¿Y qué motivo tenía yo? —preguntó nervioso el hombre.

—Hace unos años Eladio le dejó dinero a usted para comprar este bar y usted no lo podía devolver. Usted pensaba que nadie lo sabía, pero Eladio dio una copia del documento a una persona. El original no lo hemos encontrado, quizás lo ha robado usted. Cuando corrió la noticia del tesoro, Eladio ya sospechó de usted.

—Pero yo no he matado a nadie —dijo el hombre.

—Se equivoca usted, señor. Para la justicia es tan asesino usted como la persona que ha usado el hacha. Queda usted detenido.

A. Con + pronombre personal.

El comisario quiere saber con quién ha estado el señor Bayo el día del crimen. Conteste usted y complete las frases.

1. COMISARIO: —A ver, señor Ruiz, ¿Bayo estuvo con usted aquel día?

2. RUIZ: —Sí, estuvo ....

3. COMISARIO: —Tú, chico, contesta. ¿Bayo estuvo también ....?

4. CHICO: —Sí, señor comisario, estuvo ....

5. COMISARIO: —¿Estuvo también con la señora Fernández?

6. RUIZ: —Sí, estuvo también ....

7. COMISARIO: —¿Y con los chicos del hotel?

8. RUIZ: —*Creo que también estuvo* ...., *pero no estoy seguro.*

9. COMISARIO: —*Me parece que estuvo con demasiada gente. ¡Es muy raro!*

B. Combine.

Forme frases combinando las dos columnas.

1. *La gente fue a la plaza para*
2. *Eladio no hablaba con*
3. *El asesino ha tenido*
4. *Ha caído*
5. *El señor plantó varias*
6. *El asesino puede ser Juan, Pedro o Isidro.*
7. *Él no sospecha*
8. *El problema ya está*
9. *Isidro no está aquí.*
10. *Eladio le*
11. *La noticia*
12. *Isidro no ha matado*

a. *de mí.*
b. *dejó dinero.*
c. *plantas.*
d. *suerte.*
e. *conocer detalles.*
f. *¡Yo que sé!*
g. *solucionado.*
h. *corrió por el pueblo.*
i. *a nadie.*
j. *nadie.*
k. *una fuerte tormenta.*
l. *Ha desaparecido.*

C. *Poco, pocos.*

Complete las frases con *poco, pocos* (y las formas femeninas). En algún caso, con la preposición *de*.

1. *Aquí somos todos un* .... *violentos.*
2. *¿Me puedes dar un*............................. *pan, por favor?*
3. *La piel está un* .... *quemada por el sol.*
4. *Aquí hay muy* .... *gente.*
5. *Dentro de* .... *días va a venir el comisario.*
6. *¿Necesitas un* .... *dinero?*
7. *En verano hay* .... *noticias interesantes.*
8. *Ahora trabajo* ....

D. Conteste a las preguntas.

1. *¿Por qué casi todo el pueblo va a la plaza del Ayuntamiento?*
2. *¿Quién era Eladio?*
3. *¿Qué hacía allí el comisario Vera?*
4. *¿Quién era Isidro Bayo?*
5. *¿Por qué habló Vera con la gente?*
6. *¿Qué motivo tenía Bayo para asesinar a Eladio?*
7. *¿Cómo acaba la historia?*

E. Escriba un poco.

Trabajen en parejas. **A** es el comisario y **B** es un periodista que escribe en un periódico del mundo hispánico. **B** entrevista al comisario, también sobre detalles que no aparecen en el texto. Después, **B** escribe una noticia para el periódico.

A escribe un informe para su jefe, con detalles que no aparecen en el texto.

* * * *
La vaca

No hace muchos años en un pueblo de Asturias vivían dos hermanos que tenían diez vacas. El pueblo estaba en lo alto de una montaña, muy aislado. Había sólo una docena de casas viejas de piedra y
sólo vivía gente en tres de ellas. En las casas había electricidad y teléfono, pero muchas familias se habían ido a vivir a la ciudad porque la
vida allí era muy incómoda y no había futuro. No había médicos, ni
escuela ni tiendas. No había ni iglesia. Había habido una, pero estaba
en ruinas. Había un cementerio, pero estaba abandonado. Ya no había
lugar ni para los muertos, decía la gente.

Los dos hermanos, aunque ya estaban jubilados, eran los más jóvenes del pueblo. El mayor se llamaba Nicolás y el segundo Germán.
La gente los llamaba «Los Niños». Por la mañana temprano daban de

comer a las vacas y luego, el resto del día, lo pasaban en el bosque. Recogían hierbas para los animales, leña, setas o frutilla, según la época del año. A veces salían con una escopeta y volvían con un par de conejos o con unas perdices. Los demás vecinos casi no salían de sus casas y desde luego, no dejaban nunca el pueblo. Pasaban como fantasmas por las cuatro calles, sin decir una palabra.

Los hermanos estaban preocupados porque una de sus vacas, Blanca, no daba leche. Habían llamado al veterinario, pero no podía ir porque había mucha nieve y el camino era muy malo. Una vecina les había dicho que en el bosque, a un par de horas de allí, vivía una mujer que tenía poderes para sanar personas y animales. Ponía sus manos en la parte enferma y la persona o el animal sanaba. Los hermanos no creían en esas cosas, decían, pero la vecina insistía. Conocía a un montón de personas que habían sanado.

Un día uno de los hermanos dijo:
—*Germán, voy a llevar la vaca a esa mujer. Mal no puede hacer.*
—*Bien, tampoco* —dijo Germán—. *Yo no creo en mujeres con poderes mágicos. Pero si quieres...*
Nicolás cogió una cuerda, salió a buscar a la vaca y se fue a ver a la mujer.

El camino era difícil. Había mucha nieve y soplaba un viento frío. El hombre y la vaca caminaron entre los árboles, sobre la nieve, durante más de dos horas. Al final, al fondo del valle, Nicolás vio la casa de la mujer.
—*Buenos días, señora* —dijo al llegar—, *traigo una vaca que no da leche. La pobre está enferma. ¿La puede sanar?*
—*Dame la vaca, hombre. ¿Qué le duele? Yo le pongo mis manos en la ubre y esta vaca va dar más leche que todas tus vacas juntas.*

Estaban en una sala grande, sin ventanas y muy oscura. La mujer tenía una vela en la mano izquierda y pasaba la derecha por la ubre de la vaca. Decía unas palabras extrañas. Nicolás tenía un poco de miedo, al ver los ojos de la mujer. Brillaban como el fuego. La vaca empezó a temblar.
—*Ya está. Esta vaca está más sana que nosotros* —dijo la vieja. Cogió un cubo y se puso a ordeñar la vaca. En unos instantes llenó el cubo de leche.

Nicolás se llevó las manos a la cabeza y dijo:

—*¡Es un milagro! Y nosotros que no creíamos en sus poderes. ¿Tiene teléfono? Tengo que llamar a mi hermano.*

La mujer se sacó un pequeño móvil del bolsillo. Nicolás llamó a su hermano.

—*Germán, Germán, no lo vas a creer. La vaca ya da leche. ¡Es un milagro!* —dijo nervioso.

—*Pero Nicolás, ¿qué disparates dices? Si te has llevado a «Pinta», la vaca que más leche da de todas. Blanca está aquí, igual de enferma.*

A. Busque la palabra que falta.

Complete las frases con alguna de las palabras que hay en el bloc. Entre paréntesis hay un sinónimo o una explicación sobre qué palabra falta.

mayor   una docena   aislado
médico   bosque
cementerio   escopeta
incómoda   palabra   jubilados
luz   montón   ruinas   par
veterinario   temprano   enferma

1. *Juan vivía* .... (lejos de otras personas).
2. *Había* .... *de personas* (doce).
3. *Esta cama es* .... (no se descansa o no se duerme bien).
4. *Es* .... (cura o sana a las personas).
5. *La casa está en* .... (sólo quedan restos).
6. *La vaca está* .... (no está bien, no está sana).
7. *En el pueblo ya no hay* .... (allí están los muertos).
8. *Los hermanos están* .... (ya no trabajan).
9. *Nicolás es el hermano* .... (el que tiene más años).
10. *Se levantan* .... (muy pronto).
11. *Tiene una* .... *muy antigua* (un objeto para cazar).

112

12. *Comen sin decir una* .... (sin decir nada).

13. *Es* .... (cuida a los animales enfermos).

14. *Hay un* .... de vacas (muchas).

15. *Los domingos van a cazar al* .... (allí hay árboles, animales, setas y frutilla).

16. *En la habitación no hay* .... (está oscura).

B. Pronombre objeto directo e indirecto.

Complete los diálogos con el pronombre adecuado.

1. —*¿No hay escuela en el pueblo?*

—*No,* .... *han cerrado.*

2. —*¿Tampoco hay cementerio? ¿Y los muertos?*

—............................ *entierran en el pueblo de al lado.*

3. —*¿Y las cartas?*

—*Nadie* .... *escribe a nosotros.*

4. —*¿Cómo os llamáis?*

—............................ *llaman «Los Niños».*

5. —*¿Y qué hacéis los fines de semana?*

—............................ *pasamos en el bosque.*

6. —*¿Me dais un conejo?*

—*Si quieres,* .... *damos dos.*

7. —*¿A quién escribes?*

—............................ *escribo una carta a mi madre.*

8. —*¿Qué hay en el paquete?*

—............................ *envío medio kilo de setas a mis hermanos.*

9. —*A mí me encantan las setas.*

—*Si quiere usted,* .... *doy medio kilo también.*

C. El cuerpo humano.

¿Cómo se llaman las partes del cuerpo humano?

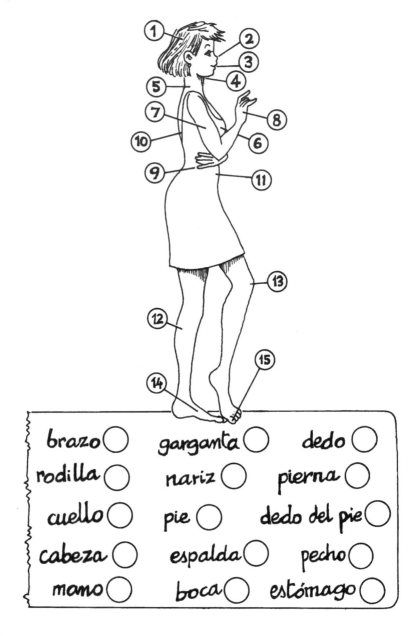

brazo ◯ garganta ◯ dedo ◯

rodilla ◯ nariz ◯ pierna ◯

cuello ◯ pie ◯ dedo del pie ◯

cabeza ◯ espalda ◯ pecho ◯

mano ◯ boca ◯ estómago ◯

D. ¿Qué le duele?

Trabajen en parejas (**A** y **B**). **A** es el médico (la médica), **B** el (la) paciente. **A** pregunta a **B** qué le duele y le dice qué tiene que hacer para sanar. Luego **B** es el médico y **A** el paciente. Varíen el tratamiento (**tú/usted**).

E. Conteste a las preguntas.

1. *¿Cómo vivían los hermanos y las otras personas del pueblo?*
2. *¿Qué problemas tenía una vaca?*
3. *¿Qué querían hacer para solucionarlo?*
4. *¿Qué ocurrió después?*

F. ¿Cómo vive la gente?

¿Cómo es la vida en un pueblo o en el campo y cómo es en la ciudad? Compare la vida en un pequeño pueblo como el del texto y en una gran ciudad como Madrid, Barcelona, Buenos Aires o Ciudad de México. ¿Qué cosas son iguales y qué cosas son diferentes?

¿Cómo es la vida en el sitio donde usted vive? Explique a una persona del mundo hispánico cómo vive la gente aquí.

El largo viaje **

—*Oye, Nito, ¿por qué no has ido al colegio hoy? ¿Y qué es esta piedra tan rara, con luz?* —pregunta Juan Antonio a su hijo de diez años. El niño tiene en la mano una pequeña piedra de color amarillo, que produce luz.

—*Es de un planeta que está muy lejos, detrás de la Luna. No sé cómo se llama* —contesta el niño. Sabe que su padre no cree estas historias.

—*Vamos, Nito, en serio. ¿La has robado?* —pregunta el padre.

—*No, papá, por favor…*

Nito mira a su padre. Es un hombre alto, que mira hacia él con grandes ojos negros. El niño acaba de regresar de un largo viaje por el espacio. Sus amigos no creen lo que dice. Parece que su padre tampoco.

—*¿Y las gafas? ¿Dónde están tus gafas?* —pregunta el padre muy serio.

¿Qué digo?, piensa el niño. Recuerda que ha olvidado sus gafas en aquel planeta, pero... parece absurdo.

Nito, mientras mira a su padre, se acuerda del viaje. Ha sido esta misma mañana, cuando iba al colegio. Iba por el camino que pasa por detrás de la casa y sube por la montaña. De repente ha bajado del cielo una cosa extraña, como una bola de metal, pero muy blanda. Casi no la veía porque tenía el color del cielo. Exactamente el mismo color. La bola ha bajado a la tierra y han salido de allí unas figuras pequeñas, como pulpos de metal con muchos ojos y muchos brazos. No decían nada, pero el niño entendía sus pensamientos. Los pensamientos de estos seres estaban en su cerebro de una forma extraña.

El niño entró con ellos en la bola. No había puertas ni nada. ¡Entró por la pared! Desde dentro las paredes eran transparentes y se veía todo. La bola salió de la Tierra y a una velocidad increíble pasaron junto a la Luna y junto a muchos planetas. La bola bajó en un sitio que estaba lleno de bolas como aquélla y lleno de seres como aquéllos. Nito recuerda que estos seres con muchos ojos y brazos hacían preguntas en su cerebro —porque no hablaban— y él contestaba. Recuerda también que había mucha luz y él se quitó las gafas y las puso en una especie de mesa extraña. Luego uno de estos seres le dio aquella piedra amarilla con luz, le dio las gracias por la entrevista y le dijo que ya podían volver. No lo dijo, pero el niño lo entendió en su cerebro. Entraron en la bola por la pared y en un instante regresaron a la Tierra.

Ahora, el niño miraba a su padre, pero no dijo nada. ¿Qué podía decir? Pensó: *Quizás todo ha sido un sueño o yo estoy loco. No digo nada, mejor. Pero, ¿y la piedra? Nada, ¡ha sido un sueño!*

—*Papá...* —empezó a decir.

En este momento el niño miró hacia la ventana con asombro. El padre miró también hacia allí. En el jardín había una bola bastante grande de metal, blanda y del color del cielo. Por la pared salió un ser extraño, con muchos ojos y brazos. En uno de los brazos llevaba las gafas del niño. El ser no hablaba, pero Nito entendía sus pensamientos, y dijo al ser:

—*¡Hola, gracias por traer las gafas!*

117

A. Pregunte.

Pregunte, como en el ejemplo.

*¿No vas a enviar el libro? ¿Por qué no **lo has enviado**?*

1. *¿No vais a hacer la comida? ¿Por qué ....?*
2. *¿No vais a abrir la ventana? ¿Por qué ....?*
3. *¿No vais a leer el libro? ¿Por qué ....?*
4. *¿No vais a decir la verdad? ¿Por qué ....?*
5. *¿No vais a escribir las cartas? ¿Por qué ....?*
6. *¿No vais a mirar la televisión? ¿Por qué ....?*
7. *¿No vais a traer las gafas? ¿Por qué ....?*

B. *Acordarse de*.

En la empresa donde trabajan Nito, José y los hermanos Pérez, dan unos regalos a los empleados. Unos meses más tarde ellos se acuerdan de esto.

Éstos son los regalos que han recibido:

1.	Nito:	a. *un móvil*
		b. *una piedra amarilla*
2.	José:	c. *una bicicleta*
		d. *unas gafas de sol*
3.	Hermanos Pérez:	e. *un vídeo*
		f. *unos guantes*

Pregunte a estas personas si se acuerdan de cuándo recibieron sus regalos y cuándo los otros recibieron los suyos. Pregunte, por ejemplo, a los hermanos Pérez (3) si se acuerdan de uno de los regalos de José, la bicicleta (c):

> «*¿Se acuerdan ustedes[3] de la bicicleta que le dieron a José [c]?*».

A Nito, tratamiento de **tú**. A los hermanos Pérez y a José, tratamiento de **usted**.

Pregunte por las siguientes personas y regalos:
1. (a Nito)-f (los guantes a los hermanos Pérez).

3-d   1-a   3-f   1-b   2-d

Ahora, sigan ustedes con otras personas y regalos.

C. Complete las frases.

Complete las frases con las palabras o expresiones de la bolsa.

1. *Juan Antonio tiene diez* ....
2. *El niño* .... *de regresar del espacio.*
3. *Sus amigos no creen* .... *dice.*
4. *Juan Antonio caminaba por la calle y* ....
   bajó del cielo una bola.
5. *En la bola no había puertas ni* ....
6. *La plaza estaba* .... *de bolas como aquélla.*
7. *Juan Antonio* .... *las gafas del bolsillo.*
8. *La señora* .... *las gracias al niño.*
9. *Lo que dice ella no es verdad, todo ha sido un* ....
   ....
10. *La señora me miró* ....

D. *Acabar de.*

Complete los diálogos con *acabar de* y la forma adecuada del verbo que se destaca en cada pregunta.

—¿Ha **llegado** Nito?

—Sí, acaba de llegar.

1. —¿No **comes**?

   —No, gracias, ...

2. —¿No **van** al cine los niños?

   —No, ...

3. —¿No vas a **hablar** con tío José hoy?

   —Sí, ...

4. —Voy a **dormir** un rato.

   —Pero si ....

5. —Niños, tenéis que **estudiar**.

   —Mamá, ...

E. Verbo *saber.*

Complete las frases con la forma adecuada del verbo *saber*, en presente, pretérito indefinido o imperfecto.

1. —A ver, niños, ¿vosotros .... quién ha escrito «El Quijote»?

2. —Yo no lo ...., pero yo no he sido.

3. —Nosotros tampoco lo ...., señorita.

4. —Nito, tú ahora ya .... quién pintó «Guernica», ¿no?

5. —Sí, claro, ahora ya lo .... Fue Picasso.

6. —Pero antes no lo ...., ¿verdad?

7. —No, lo .... ayer. Me lo dijo Juan Carlos.

120

F. El futuro.

¿Cómo cree usted que va a ser el futuro (dentro de quinientos o mil años)?

¿Qué nuevos aparatos y máquinas va a haber?

¿Cómo va a vivir la gente? ¿Cómo van a ser las casas, los muebles, la comida? ¿Cómo van a ser el trabajo y el ocio (el tiempo libre, las vacaciones)?

¿Vamos a tener contacto con otros seres?

¿Qué problemas va a haber?

En la selva del Amazonas **
**

En 1999 el periódico *El Día*, donde yo trabajo, publicó una serie de reportajes sobre el fin del milenio. Queríamos ilustrar la situación del mundo el año 2000. Todos los periodistas fuimos a un país diferente para escribir un reportaje. Yo elegí un pequeño poblado indígena que está cerca de Tebas, a unos 150 kilómetros de Iquitos, la capital de la Amazonia peruana. Un amigo peruano, el escritor Mario Vargas Llosa, me dio la dirección de un poblado que él conocía muy bien. Estuvo allí un par de años cuando era joven. *Por suerte, en la selva del Amazonas* —me dijo— *hay todavía culturas "primitivas" que viven en armonía con la naturaleza y nosotros podemos aprender muchas cosas de ellos.*

Así que salí de Madrid en avión. Doce horas más tarde estaba ya en Lima, la capital de Perú. De allí fui en otro avión a Iquitos, donde alquilé un coche. La mañana siguiente viajé a Franco de Orellana, que está a unos 80 kilómetros, por una carretera que estaba bastante bien. En el puerto de esta pequeña ciudad me esperaba una canoa y un indígena que hablaba un poco de español me llevó por el río hacia el Este.

Viajamos por el río durante varios días. La canoa era muy grande y allí teníamos comida y por la noche dormíamos en la selva, en una pequeña tienda de campaña. El viaje por el Amazonas es impresionante. Sólo oíamos el sonido de la selva, pájaros y otros animales, y el motor de nuestra canoa. Vimos a muy poca gente. Sólo de vez en cuando vimos a unos indígenas desnudos que nos miraban asombrados. Todos eran muy pacíficos.

Al cuarto día de viaje llegamos al poblado que me había recomendado Vargas Llosa. ¡Qué paraíso! En la playa había un grupo de indígenas completamente desnudos que encendían fuego con unas maderas. Mi acompañante conocía algunas palabras en su lengua. Yo anotaba en mi cuaderno mis impresiones. Aquellos hombres y mujeres vivían cerca de allí, en un poblado, en cabañas hechas con hojas de palma.

Encendieron el fuego. Del fuego salió humo. Cuatro hombres hacían señales de humo. Ponían una manta encima del fuego y luego la quitaban y el humo subía hacia el cielo. Un hombre muy alto, también desnudo, bajó de un árbol, saludó con un gesto y dijo unas palabras.

Yo tomaba notas.

—*¿Comunican con algún dios?* —pregunté.

El hombre alto me miró y en perfecto castellano me dijo:

—*Nada de dioses. Es que en el poblado, allá arriba, tenemos problemas con Internet y llamo al ingeniero que está pescando al otro lado del río.*

A. Preposiciones.

Complete las frases con las preposiciones adecuadas.

1. *El periódico publicó una serie* .... *reportajes.*
2. *Todos los periodistas fuimos* .... *países diferentes.*
3. *El poblado está* .... *90 kilómetros* .... *la capital.*
4. *Yo estuve* .... *Perú un par* .... *meses.*
5. *Los indígenas viven* .... *armonía* .... *la naturaleza.*
6. *Yo he aprendido muchas cosas* .... *los indígenas.*
7. *Fui a Perú* .... *avión.*
8. *El jefe* .... *los indígenas hablaba un poco* ....
   español.
9. *Viajamos* .... *el río en canoa.*
10. *No llevo nada* .... *dinero.*

B. El pasado.

Complete las frases con la forma adecuada de los verbos que están entre paréntesis. Elija entre el pretérito perfecto, el pretérito indefinido y el imperfecto.

Yo esta mañana .... (1. hacer) *un montón de cosas.* .... (2. escribir) *una carta,* ....
(3. poner) *todos mis libros en orden y* .... (4. hablar) *con mi amigo sevillano, Jesús Paz. Él me* ....
.... (5. decir) *que el año pasado, en verano, él* ....
.... (6. ir) *a Bolivia y allí* .... (7. conocer) *a un indígena que* .... (8. vivir) *en la selva, en una*

cabaña muy sencilla. En la cabaña .... (9. haber) *muchos libros, teléfono y hasta un ordenador con módem. Aquel indígena* .... (10. estar) *conectado con todo el mundo.* .... (11. ser) *una persona muy inteligente. Un día* .... (12. recibir) *por correo electrónico una carta del rey de España. El indígena le* .... (13. decir) *a mi amigo que el Rey* .... (14. tener) *interés en las flores de aquella región y* .... (15. querer) *conocer algunos detalles. Mi amigo* .... (16. estar) *en la casa de aquel indígena tres semanas y* .... (17. aprender) *muchas cosas.*

C. *Ser* o *estar.*

Complete las frases con la forma adecuada de los verbos *ser* o *estar*, en pretérito indefinido o en imperfecto.

El año pasado mi hermano Juan Antonio y yo .... (1)

tres días en Madrid. Mi hermano .... (2) *en casa de*

un amigo y yo .... (3) *en un hotel muy bueno que*

no .... (4) *muy caro. El hotel* .... (5) *en*

el centro de Madrid y la habitación .... (6) *grande*

y .... (7) *muy limpia. Había sólo un pequeño pro-*

blema. Cuando entré hacía mucho calor porque las ventanas

.... cerradas, por el tráfico.
(8)

Por la noche, mi hermano y yo fuimos a casa de una amiga.

.... una chica muy simpática y nos dio una cena
(9)

buenísima, pero como ella .... un poco cansa-
(10)

da, mi hermano y yo .... allí poco rato.
(11)

D. Cuente usted la historia.

El periodista escribe una carta a un amigo y le cuenta lo que ha ocurrido. Escriba usted la carta. Puede contar detalles que no aparecen en el texto.

E. Cuente un viaje.

¿Recuerda usted algún viaje? Escriba algo sobre él. ¿Con quién fue? ¿Cuándo? ¿Qué hizo (salida, llegada, hotel, clima, visitas, comidas, etcétera)?

F. Diferencias entre la vida en la selva y en una ciudad de un país industrializado.

Trabajen en grupos de cuatro o cinco personas. Escriban una lista con las diferencias que hay (la casa, la ropa, la comida, técnicas, materiales, medicina, música, pintura, literatura, escuela, conocimientos, transportes, viajes, relaciones sociales, ecología, deportes, actividades en el tiempo libre, familia, sistema político, información, contactos con otras culturas, etcétera).

Un precioso jardín ****

Hace un par de años me operaron del apéndice en un hospital de Bilbao. Después de la operación me llevaron a una habitación en la que ya había otro paciente. Él era un hombre muy mayor y extremadamente delgado. Su cama estaba delante de una pequeña ventana. La mía estaba al fondo de la habitación, en un rincón oscuro, y yo desde allí no podía ver el exterior. Mi compañero tampoco podía ver nada cuando la ventana estaba cerrada, porque tenía cristales esmerilados.

Por la mañana, la enfermera abría la ventana y entraba un poco de aire frío. Entonces el otro paciente se sentaba en la cama para mirar el exterior. Como yo no me podía mover, mi compañero, para distraerme, me contaba lo que veía: *Hay un gran jardín, con una pequeña terraza. Alrededor hay dos limoneros, un naranjo y varios rosales. Los*

127

rosales están llenos de preciosas rosas de color amarillo y blanco. Hay también macetas grandes con geranios de flores rojas. En el centro de la terraza hay un estanque y alrededor del estanque hay bancos y sillas de madera...

Yo, desde el rincón oscuro de la habitación, me imaginaba los colores y las formas que mi compañero me describía. Él tenía una voz agradable y hablaba despacio. Después, venía la enfermera y cerraba la ventana. Entonces escuchábamos la radio o dormíamos. Apenas hablábamos.

Al día siguiente pasaba lo mismo. Venía la enfermera, abría la ventana, entraba el aire frío, mi compañero se sentaba en la cama y contaba lo que pasaba fuera: *Dos palomas blancas caminan por la terraza. Una mujer hermosa, de largo pelo negro, echa unas migas de pan y las palomas comen. Ahora llega un pájaro precioso. Es un petirrojo, tiene el cuello y el pecho de color rojo intenso. Llega una madre con dos niñas que juegan con una pelota y saltan. El cielo está azul y muy limpio.* Y yo, desde mi rincón, me imaginaba lo que él contaba. Con mi imaginación veía perfectamente el paisaje, como un cuadro.

Y al día siguiente, otra vez lo mismo: *Llega un señor con un perro. Es un San Bernardo muy grande y tranquilo. El señor se sienta en una silla, saca una guitarra y empieza a tocar. Unos jóvenes se acercan, se sientan en el suelo y escuchan la música. En el banco, una pareja de amantes se besa. Una niña da una rosa al señor y él sonríe. El petirrojo bebe agua en la fuente que hay en el centro del jardín.* Mi compañero hablaba como un pintor pinta un cuadro. Yo escuchaba con emoción y me imaginaba la belleza del jardín.

Al día siguiente llegó la enfermera para llevarse a mi compañero. Ya podía regresar a su casa. Nos despedimos con pocas palabras. Yo todavía tenía que estar un par de días en la cama, sin levantarme. La enfermera, por la tarde, me puso en la cama que estaba delante de la ventana esmerilada.

Al día siguiente, por la mañana, entró la enfermera. Yo me senté en la cama para ver el precioso jardín. La enfermera abrió la ventana. ¡Allí no había ningún jardín! ¡Sólo había una pared gris y sucia! Le comenté a la enfermera que mi compañero me había hablado de un precioso jardín.

—*No es posible, señor* —me dijo—. *Su compañero es ciego.*

A. ¿Pretérito o imperfecto?

Complete las frases con la forma adecuada, en pretérito o en imperfecto, de los verbos que están entre paréntesis.

1. *Hace dos años yo* .... *en el hospital y me* .... *la doctora Ruiz.* (estar, operar)

2. *En la habitación* .... *otro paciente.* .... *un hombre muy simpático.* (haber, ser)

3. *En la habitación* .... *una ventana que* .... *delante de la cama de mi compañero.* (haber, estar)

4. *La ventana* .... *cerrada casi todo el día.* (estar)

5. *Todas las mañanas una enfermera* .... *la ventana y* .... *un poco de aire fresco.* (abrir, entrar)

6. *Todas las mañanas mi compañero* .... *en la cama y me* .... *lo que* .... (sentarse, contar, ver)

7. *Yo no* .... *nada, pero* .... *todo porque él* .... *muy bien la escena.* (ver, imaginarse, describir)

8. *Un día mi compañero* .... *del hospital.* .... *a su casa porque ya* .... *bien.* (salir, irse, estar)

9. *Entonces* .... *la enfermera y* .... *mi cama delante de la ventana.* (venir, poner)

10. *¡Sólo* .... *una pared! No* .... *ningún jardín.* (haber, haber)

11. *La enfermera me* .... *que mi compañero* .... *ciego.* (decir, ser)

B. ¿Cuándo? Situar en el tiempo.

Complete las frases con alguna de las expresiones del recuadro.

1. *Carlos compró la casa* .... *tres años y* .... *tres semanas trabajando en el jardín.*

2. *Primero cenamos y luego la enfermera abrió la ventana. La abrió, por lo tanto,* .... *cenar.*

3. *La madre va al parque con los niños* ....

4. *Yo llegué al hospital el lunes y salí el martes, es decir,* ....

5. *Yo como a las tres. A las dos, es decir,* .... *comer, leo el periódico.*

6. *Yo vi la pared* .... *la enfermera abrió la ventana.*

cuando	lleva	al día siguiente	hace
por la mañana		antes de	después de

C. Verbos reflexivos.

Conteste a las preguntas con el mismo verbo que hay en ellas.

1. —*Dónde te sientas?*
   —........................... *en el sofá.*

2. —¿*Te puedes mover?*
   —*No, no* .... *mover.*

3. —¿*Qué os imagináis?*
   —........................... *los colores y las formas.*

4. —¿*Quiénes se acercan?*
   —........................... *unos jóvenes.*

5. —¿*A quién se llevó al parque la enfermera?*
   —........................... *a mi compañero.*

6. —¿Y tú?

—Yo .... al hermano de mi compañero.

7. —¿Cuándo os despedisteis?

—.............................. después de comer.

8. —¿A qué hora te levantabas?

—.............................. a las ocho.

D. Forme frases.

Forme frases combinando las dos columnas.

1. Me operaron hace   a. mi cama.
2. Me llevaron a la habitación después   b. alrededor de la terraza.
3. El hombre era extremadamente   c. tampoco.
4. Yo no podía ver el exterior desde   d. en una silla.
5. Yo no fumo, mi compañero   e. apenas hablamos.
6. Los naranjos están   f. despedimos.
7. Mi compañero hablaba   g. delgado.
8. El señor y yo   h. un par de años.
9. El señor se sienta   i. de la operación.
10. Mi amigo y yo nos   j. despacio.

E. Verbo *poner*.

Complete las frases con la forma adecuada del verbo *poner* en presente, pretérito, imperfecto o futuro (*voy* + *infinitivo*).

1. —Es terrible. No encuentro mis gafas. Yo ahora siempre las .... en la mesita de la habitación, pero no las veo.

2. —Pues ayer las .... en la mesa de la cocina, ¿no?

3. —¿Sí? Es posible. Es que antes siempre las .... allí. Nada, mañana las .... otra vez allí, si las encuentro ahora, claro.

F. El pájaro.

¿Sabe cómo se llaman las diferentes partes del cuerpo de un pájaro?

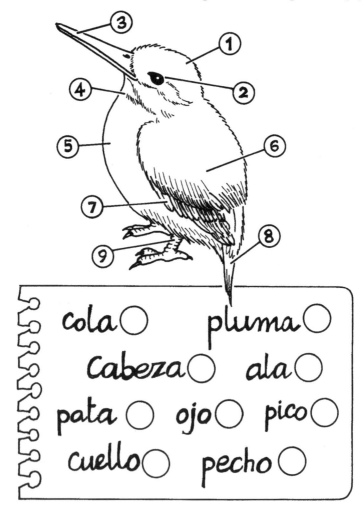

cola ○   pluma ○

cabeza ○   ala ○

pata ○   ojo ○   pico ○

cuello ○   pecho ○

G. Describa un paisaje.

Trabajen en parejas (**A** y **B**). Pueden usar un diccionario. **A** describe un paisaje (una calle, una plaza, un parque, de su país o de otro).
B tiene que adivinar qué lugar es. **B** puede hacer preguntas y **A**
sólo contesta con **sí** o **no**. Luego **B** describe y **A** pregunta y adivina.

132

H. Cuente usted.

Estas tres escenas son las que el ciego ha contado a su compañero. Cuente usted lo mismo, pero en pasado. Empiece, por ejemplo, así: *Mi compañero me dijo que... había un gran jardín...*

Continúe usted.

1. *«Hay un gran jardín, con una pequeña terraza. Alrededor hay dos limoneros, un naranjo y varios rosales. Los rosales están llenos de preciosas rosas de color amarillo y blanco. Hay también macetas grandes con geranios de flores rojas. En el centro de la terraza hay un estanque y alrededor del estanque hay bancos y sillas de madera...»*

2. *«Dos palomas blancas caminan por la terraza. Una mujer hermosa, de largo pelo negro, echa unas migas de pan y las palomas comen. Luego llega un pájaro precioso. Es un petirrojo, tiene el cuello y el pecho de color rojo intenso. Luego llega una madre con dos niñas que juegan con una pelota y saltan. El cielo está azul y muy limpio.»*

3. *«Llega un señor con un perro. Es un San Bernardo muy grande y tranquilo. El señor se sienta en una silla, saca una guitarra y empieza a tocar. Unos jóvenes se acercan, se sientan en el suelo y escuchan la música. En el banco una pareja de amantes se besa. Una niña da una rosa al señor y él sonríe. El petirrojo bebe agua en la fuente que hay en el centro del jardín.»*

Clave de los ejercicios

Julián cambia de opinión

A. 1. *Son las dos;* 2. *Son las tres y cuarto;* 3. *Son las cinco menos cuarto;* 4. *Son las seis;* 5. *Son las siete y cinco;* 6. *Es la una;* 7. *Es la una y media;* 8. *Son las doce y veinte;* 9. *Son las una y diez.*

B. 1. *desean;* 2. *deseo, desea;* 4. *pagas, pago;* 5. *pagamos;* 6. *pagáis;* 8. *beben;* 9. *bebemos;* 10. *bebe;* 11. *bebo, bebe.*

C. 1. *¿Qué hora es?;* 2. *¿A qué hora?;* 3. *¿Cómo se llama /usted/?;* 4. *¿Qué?;* 5. *¿Cómo?;* 6. *¿Cuánto?;* 7. *¿Cuándo?*

E. 2. *Está;* 3. *está;* 5. *están, son, están;* 7. *Es;* 8. *es, está;* 9. *está;* 10. *está;* 11. *es;* 12. *es;* 13. *estoy, es, es, está;* 15. *es, es;* 16. *está.*

El anuncio

A. *(Hay otras respuestas posibles.)* 1. *la peluquería;* 2. *el quiosco (kiosko);* 3. *la cafetería, el bar;* 4. *la panadería;* 5. *la fruta;* 6. *Correos;* 7. *el papel;* 8. *la cerveza;* 9. *la comida;* 10. *el dinero;* 11. *la zapatería;* 12. *la pastelería.*

B. 1. *a la;* 2. *al;* 3. *al;* 4. *las;* 5. *la (en algunos países de Hispanoamérica: el);* 6. *a la;* 7. *la;* 8. *del;* 9. *el;* 10. *el;* 11. *El;* 12. *la;* 13. *de los;* 14. *de las;* 15. *a;* 16. *la.*

C. 1. *está;* 2. *hay;* 4. *estás;* 5. *estoy;* 6. *Estoy;* 7. *Hay;* 8. *está;* 9. *está;* 10. *hay; está;* 11. *estáis;* 12. *estamos.*

D. 1. *conocéis;* 2. *conocemos;* 4. *conozco, Conoce;* 6. *hacéis;* 7. *hacemos;* 8. *hago;* 9. *haces;* 10. *hacen.*

La residencia

A. 1. *quieren;* 2. *quiere;* 3. *quieres;* 4. *quiero;* 5. *queremos;* 6. *podéis;* 7. *podemos;* 9. *puede;* 10. *puedo.*

B. 1-i; 2-h; 3-a; 4-c; 5-b; 6-f; 7-d; 8-g; 9-e.

D. 1-j; 2-k; 3-l; 4-i; 5-d; 6-f; 7-c; 8-m; 9-a; 10-e; 11-h; 12-g; 13-b.

E. 1. *está;* 2. *está;* 3. *está;* 4. *es;* 5. *estoy;* 6. *estamos;* 7. *están;* 8. *están;* 9. *es;* 10. *estáis.*

El armario

A. 1-c; 2-ñ; 3-b; 4-j; 5-k; 6-m; 7-a; 8-d; 9-g; 10-f; 11-e; 12-h; 13-i; 14-l; 15-n; 16-o.

B. 1. *mañana;* 2. *dentro de;* 3. *casi;* 4. *luego;* 5. *Es hora de;* 6. *antes de;* 7. *temprano;* 8. *un buen rato.*

C. 1. *el armario;* 2. *el sofá;* 3. *el banco para el televisor;* 4. *la cómoda;* 5. *el escritorio;* 6. *la cama;* 7. *la silla;* 8. *la mesa;* 9. *la librería.*

D. 1. *En la tercera planta;* 2. *En la cuarta;* 3. *En la tercera;* 4. *En la primera;* 5. *En la sexta;* 6. *En la sexta;* 7. *En la tercera;* 8. *En la tercera;* 9. *En la octava;* 10. *En la segunda;* 11. *En la tercera;* 12. *En la sexta;* 13. *En la quinta;* 14. *En la primera;* 15. *En la primera;* 16. *En la décima planta.*

En el colegio

A. 1. *salgo, vengo, sales, vienes;* 2. *vengo, salimos, venimos;* 3. *venís.*

B. 1. *tienes que subir;* 2. *tiene que ir;* 3. *tenemos que sacar;* 4. *tenéis que encender;* 5. *tengo que avisar.*

C. 1. *a punto de;* 2. *saca;* 3. *un montón de;* 4. *imposible;* 5. *nadie;* 6. *avisar;* 7. *cómo;* 8. *se atreve;* 9. *cubierta.*

D. 1. *a las ocho, han salido a las nueve y media;* 2. *a las tres y cuarto, he bajado a las tres menos cuarto;* 3. *a la una, ha ido a las dos;* 4. *a las doce menos cuarto, has empezado a la una y media;* 5. *a las tres menos cuarto, hemos llegado a las cinco menos diez;* 6. *a las* ocho menos cinco, ha pasado a las ocho y diez; 7. a las siete menos veinte, han entrado a las siete y media.

El concurso

A. 1. *No importa;* 2. *Lo siento;* 3. *Felicidades;* 4. *Es usted muy amable, De nada;* 5. *Hombre, es que;* 6. *Si usted quiere...*

B. 1. *estoy cantando;* 2. *estoy ganando;* 3. *está escribiendo;* 4. *Estamos esperando;* 5. *Estoy leyendo;* 6. *está pidiendo;* 7. *Estoy viendo.*

C. 1. *les gusta;* 2. *nos gusta;* 3. *te gusta, me gusta;* 5. *le gustan;* 6. *me gustan, te gustan;* 7. *me gustan, les gustan;* 8. *les gustan;* 9. *le gustan.*

D. 1. *tercer;* 2. *primero;* 3. *tercero;* 4. *segundo;* 5. *cuarto, primero;* 6. *quinto.*

E. 1-d; 2-e; 3-g; 4-f; 5-a; 6-c; 7-i; 8-h; 9-b.

Un buen regalo de Navidad

A. 1. *vas;* 2. *Voy;* 3. *voy, vamos;* 4. *Vais.*

B. 1. *mujer;* 2. *abuela;* 3. *nieto;* 4. *hermanos;* 5. *cuñados;* 6. *tío;* 7. *sobrino;* 8. *suegro;* 9. *Isabel;* 10. *Juan;* 11. *Eva;* 12. *Mónica.*

C. 1. *habéis hecho;* 2. *hemos ido, Hemos visto;* 3. *ha dicho;* 4. *ha gustado, has hecho;* 5. *he hecho, he escrito;* 6. *has puesto;* 7. *han abierto.*

Dos amigas buscan pareja

A. 1. *tiene;* 2. *por;* 3. *agencia;* 4. *están;* 5. *tenido;* 6. *citan (también es posible se encuentran, se ven);* 7. *sentados;* 8. *durante;* 9. *están;* 10. *boca.*

B. 1. *piensas;* 2. *pienso;* 3. *pensáis;* 4. *pensamos;* 5. *piensa;* 6. *me siento;* 7. *se sienta;* 8. *se sienta;* 9. *se sientan.* 10. *me siento.*

C. 1. *he estado;* 2. *vamos separados;* 3. *poco normal;* 4. *también;* 5. *ya no siente interés;* 6. *un amigo;* 7. *suerte;* 8. *una empresa;* 9. *más o menos;* 10. *con los mismos años que yo;* 11. *casi iguales;* 12. *ha empezado, intensa.*

Buen fisonomista

A. 1. *empiezas;* 2. *empezamos, empiezo, empieza, empieza;* 3. *empiezo;* 4. *decís;* 5. *dices;* 6. *digo;* 7. *dicen, decimos;* 8. *digo.*

B. 1. *Cómo;* 2. *Cuántos;* 3. *De dónde;* 4. *Dónde;* 5. *En qué (también: Cómo se llama la calle, Cuál es el nombre de la calle);* 6. *Qué;* 7. *Dónde;* 8. *cuántas;* 9. *cómo;* 10. *quién.*

C. 1. *lo;* 2. *lo;* 3. *las;* 4. *los;* 5. *lo;* 6. *La;* 7. *Lo;* 8. *Las.*

D. (Puede haber otras respuestas) 1. *nada;* 2. *salida;* 3. *empezar;* 4. *meter;* 5. *subir;* 6. *salir;* 7. *detrás;* 8. *estrecha;* 9. *mucho;* 10. *jóvenes;* 11. *fuertes,* 12. *rápido;* 13. *lejos;* 14. *primero;* 15. *alto;* 16. *delgado;* 17. *siempre;* 18. *recibir;* 19. *preguntar;* 20. *bueno;* 21. *derecha.*

E. 1. *amenaza;* 2. *meten;* 3. *suena;* 4. *sube;* 5. *grita;* 6. *salen;* 7. *cae;* 8. *se llama;* 9. *envían;* 10. *he recibido;* 11. *lleva.*

La deuda

A. 1. *oís;* 2. *oímos;* 3. *oigo, oyes;* 4. *oigo;* 5. *pides, pedimos;* 6. *pido;* 7. *pedís, pedís.*

B. 1. *hay;* 2. *está;* 3. *está;* 4. *es;* 5. *está;* 6. *es;* 7. *es;* 8. *está;* 9. *está;* 10. *hay;* 11. *están;* 12. *es;* 13. *hay;* 14. *eres; está.*

C. 1. *de;* 2. *del;* 3. *a;* 4. *con;* 5. *de, de;* 6. *a;* 7. *por;* 8. *a;* 9. *en;* 10. *a;* 11. *del, con.*

D. 1. *mucho;* 2. *muy, mucha;* 3. *muy;* 4. *mucho;* 5. *muchas;* 6. *muy;* 7. *muchas;* 8. *muchas;* 9. *muy;* 10. *muchos.*

La lubina

A. 1. *león;* 2. *tigre;* 3. *boa;* 4. *pez;* 5. *pescado;* 6. *caballo;* 7. *gato;* 8. *perro;* 9. *mosca;* 10. *mosquito;* 11. *pájaro;* 12. *elefante;* 13. *gusano.*

B. Tratamiento de **tú**: 1. *bebe;* 2. *llama;* 3. *toma;* 4. *marca;* 5. *escribe;* 6. *comprad;* 7. *vended;* 8. *subid.* Tratamiento de **usted**: 1. *beba;* 2. *llame;* 3. *tome;* 4. *marque;* 5. *escriba;* 6. *compren;* 7. *vendan;* 8. *suban.*

C. (Observe los acentos.) 1. *dame;* 2. *déjame;* 3. *échame;* 4. *regálame;* 5. *llamadme;* 6. *escribidme;* 7. *léeme.*

D. 1. *Alguien* (también: *Nadie*); 2. *nadie;* 3. *nada, algo;* 4. *nada;* 5. *alguien* (también es posible: *nadie*); 6. *nadie;* 7. *algo;* 8. *nada.*

E. 1. *Esta;* 2. *Este;* 3. *Aquella;* 4. *aquellos;* 5. *estos;* 6. *esta;* 7. *aquellas.*

El conejo en la jaula

A. 1-m; 2-f; 3-c; 4-e; 5-h; 6-d; 7-b; 8-j; 9-i; 10-a; 11-o; 12-k; 13-n; 14-l; 15-ñ; 16-m; 17-p.

B. 1. *se sienta, se sienta, me siento;* 3. *te sientas;* 4. *nos sentamos;* 5. *os sentáis.*

C. 1. *No hemos estado nunca;* 2. *No he visto a nadie;* 3. *No he comprado nada;* 4. *No he estado con nadie;* 5. *No hemos comido nada;* 6. *No he estado nunca.*

D. 1-b; 2-f; 3-d; 4-c; 5-e; 6-a.

E. 1. *es;* 2. *está;* 3. *están;* 4. *está, es, es;* 5. *están;* 6. *está, está;* 7. *son;* 8. *es;* 9. *está;* 10. *es;* 11. *estoy.*

El encuentro

A. 1. *todos;* 2. *todas, todo;* 3. *toda.*

B. Tratamiento de **tú** (y **vosotros**): 1. *Pon;* 2. *Ven;* 3. *Haz;* 4. *Di;* 5. *Sal;* 6. *venid;* 7. *Haced;* 8. *venid.* Tratamiento de **usted** (y **ustedes**): 1. *Ponga;* 2. *Venga;* 3. *Haga;* 4. *Diga;* 5. *Salga;* 6. *vengan;* 7. *Hagan;* 8. *vengan.*

C. 1. *alguna;* 2. *ninguna, algún;* 3. *algún;* 4. *ninguno, alguno, ningún, alguna;* 5. *ninguna.*

D. 1-h; 2-i; 3-k; 4-g; 5-m; 6-j; 7-l; 8-f; 9-e; 10-d; 11-b; 12-a; 13-c.

Fin de semana en la playa

B. 1. *Sí/No lo conozco;* 2. *Sí/No la entiendo;* 3. *Sí/No los he escuchado;* 4. *Sí/No te he oído;* 5. *Sí/No los he visto;* 6. *Sí/No lo he comprado.*

C. 1. *Te;* 2. *Le;* 3. *me;* 4. *te;* 5. *nos.*

D. 2. *mío;* 3. *tuyo;* 6. *suyo;* 8. *nuestras;* 9. *vuestro;* 10. *tuyos.*

E. 1. *a eso de;* 2. *deja;* 3. *ti;* 4. *mala;* 5. *se hace;* 6. *demasiadas;* 7. *supones, supongo;* 8. *ganas.*

F. 1. *os acordáis;* 2. *nos acordamos;* 3. *se acuerda, te acuerdas;* 4. *me acuerdo.*

Rebajas

A. 1. *vivimos;* 2. *fuimos;* 3. *Estuvimos;* 4. *tenía* (menos probable: *tuvo*); 5. *he visto;* 6. *quería/quise;* 7. *dije;* 8. *quería;* 9. *dijo;* 10. *estuve/he estado;* 11. *quiero;* 12. *vimos;* 13. *Fuimos;* 14. *compramos;* 15. *hacemos.*

B. 1. *salí;* 2. *Hacía;* 3. *estaba;* 4. *Llegué;* 5. *estaban;* 6. *Había;* 7. *abrió;* 8. *dijo;* 9. *estaban;* 10. *subimos;* 11. *Entramos;* 12. *estaba;* 13. *éramos;* 14. *queríamos;* 15. *salimos.*

C. 4. *Para él;* 6. *Para ti;* 8. *para nosotros;* 10. *Para mí;* 11. *para ella;* 12. *para ti.*

D. 2. *suyos;* 4. *nuestros;* 6. *mía;* 8. *tuyos;* 9. *tuya.*

¿Crimen perfecto?

A. 2. *conmigo;* 3. *contigo;* 4. *conmigo;* 6. *con ella;* 8. *con ellos.*

B. 1-e; 2-j; 3-d; 4-k; 5-c; 6-f; 7-a; 8-g; 9-l; 10-b; 11-h; 12-i.

C. 1. *poco;* 2. *poco de;* 3. *poco;* 4. *poca;* 5. *pocos;* 6. *poco de;* 7. *pocas;* 8. *poco.*

La vaca

A. 1. *aislado;* 2. *una docena;* 3. *incómoda;* 4. *médico;* 5. *ruinas;* 6. *enferma;* 7. *cementerio;* 8. *jubilados;* 9. *mayor;* 10. *temprano;* 11. *escopeta;* 12. *palabra;* 13. *veterinario;* 14. *montón;* 15. *bosque;* 16. *luz.*

B. 1. *la;* 2. *los;* 3. *nos;* 4. *Nos;* 5. *Los;* 6. *te;* 7. *Le;* 8. *Les;* 9. *le.*

C. 1. *la cabeza;* 2. *la nariz;* 3. *la boca;* 4. *la garganta;* 5. *el cuello;* 6. *el pecho;* 7. *el brazo;* 8. *la mano;* 9. *el dedo;* 10. *la espalda;* 11. *el estómago;* 12. *la pierna;* 13. *la rodilla;* 14. *el pie;* 15. *el dedo del pie.*

El largo viaje

A. 1. *no la habéis hecho;* 2. *no la habéis abierto;* 3. *no lo habéis leído;* 4. *no la habéis dicho;* 5. *no las habéis escrito;* 6. *no la habéis mirado;* 7. *no las habéis traído.*

B. 1-f: *¿Te acuerdas de los guantes que les dieron a los hermanos Pérez?;* 3-d: *¿se acuerdan de las gafas de sol que le dieron a José?;* 1-a: *¿Te acuerdas del móvil que te dieron (a ti)?;* 3-f: *¿Se acuerdan de los guantes que les dieron (a ustedes)?;* 1-b: *¿Te acuerdas de la piedra amarilla que te dieron (a ti)?;* 2-d: *¿se acuerda de las gafas de sol que le dieron (a usted)?*

C. 1. *años;* 2. *acaba;* 3. *lo que;* 4. *de repente;* 5. *nada;* 6. *llena;* 7. *sacó;* 8. *dio;* 9. *sueño;* 10. *con asombro.*

D. 1. *acabo de comer;* 2. *acaban de ir;* 3. *acabo de hablar (con él);* 4. *acabas de dormir;* 5. *acabamos de estudiar.*

E. 1. *sabéis;* 2. *sé;* 3. *sabemos;* 4. *sabes;* 5. *sé;* 6. *sabías;* 7. *supe.*

En la selva del Amazonas

A. 1. *de;* 2. *a;* 3. *a, de;* 4. *en, de;* 5. *en, con;* 6. *de;* 7. *en;* 8. *de, de;* 9. *por;* 10. *de.*

B. 1. *he hecho;* 2. *He escrito;* 3. *he puesto;* 4. *he hablado;* 5. *ha dicho;* 6. *fue;* 7. *conoció;* 8. *vivía;* 9. *había;* 10. *estaba;* 11. *Era;* 12. *recibió;* 13. *dijo;* 14. *tenía;* 15. *quería;* 16. *estuvo;* 17. *aprendió.*

C. 1. *estuvimos;* 2. *estuvo;* 3. *estuve;* 4. *era;* 5. *estaba;* 6. *era;* 7. *estaba;* 8. *estaban;* 9. *Era;* 10. *estaba;* 11. *estuvimos.*

Un precioso jardín

A. 1. *estuve, operó;* 2. *había, Era;* 3. *había, estaba;* 4. *estaba;* 5. *abría, entraba;* 6. *se sentaba, contaba, veía;* 7. *veía, me imaginaba, describía;* 8. *salió, Se fue, estaba;* 9. *vino, puso;* 10. *había, había;* 11. *dijo, era.*

B. 1. *hace, lleva;* 2. *después;* 3. *por la mañana;* 4. *al día siguiente;* 5. *antes de;* 6. *cuando.*

C. 1. *Me siento;* 2. *me puedo;* 3. *Nos imaginamos;* 4. *Se acercan;* 5. *Se llevó;* 6. *me llevé;* 7. *Nos despedimos;* 8. *Me levanto.*

D 1-h; 2-i; 3-g; 4-a; 5-c; 6-b; 7-j; 8-e; 9-d; 10-f.

E. 1. *pongo;* 2. *pusiste;* 3. *ponía;* 4. *voy a poner.*

F. 1. *cabeza;* 2. *ojo;* 3. *pico;* 4. *cuello;* 5. *pecho;* 6. *ala;* 7. *pluma;* 8. *cola;* 9. *pata.*

Glosario

(38)	abajo	*below*
(30)	abandonado/a	*abandoned*
(86)	abandonar	*to abandon*
(30)	abierto/a	*open*
(98)	abrigo, el	*overcoat*
(24)	abrir	*to open*
(23)	abuelo/a, el, la	*grandfather/grandmother*
(55)	aburrido/a	*boring, bored*
(86)	aburrir(se)	*to get bored*
(116)	acabar de	*to have just*
		(done something)
(23)	acabar	*to finish*
(30)	acariciar	*to stroke, to caress*
(24)	accidente, el	*the accident*
(92)	aceite, el	*the oil*
(48)	aceptar	*to accept*
(42)	acercar(se)	*to approach*
(123)	acompañante, el, la	*the companion, the guide*
(24)	acompañar	*to accompany, to escort*
(60)	acordarse	*to remember*
(29)	acostar(se)	*to go to bed*
(42)	aficionado/a	*amateur*
(54)	agencia, la	*the agency*
(24)	agente, el, la	*the agent*
(37)	agilidad, la	*the agility*
(24)	agradable	*agreeable, pleasant*
(8)	agua, el	*water*
(127)	aire, el	*air*
(109)	aislado/a	*isolated, cut off*
(59)	alarma, la	*the alarm*
(87)	alegre	*happy, gay*
(30)	alegría, la	*happiness, gaiety*
(29)	almacén, el	*the department store*
(68)	almendro, el	*the almond tree*
(49)	alquilar	*to rent*
(60)	alrededor	*around, in the area,*
(29)	altavoz, el	*speaker*
(37)	alto/a	*the top (of a tree)*
(128)	amante, el, la	*the lover*
(72)	ambicioso/a	*ambitious*
(59)	amenazar	*to threaten*
(23)	amigo/a, el, la	*the friend*
(55)	amistad, la	*friendship*
(16)	amo/a, el, la	*the owner*
(24)	anciano/a, el, la	*old man, old woman*
(67)	angustia, la	*anguish, distress*
(79)	animal, el	*the animal*
(105)	anotar	*to make a note, to note*
		something down
(30)	anterior	*previous*

(29)	anunciar	*to announce*
(17)	anuncio, el	*classified advertisement*
(72)	anzuelo, el	*fishing hook*
(79)	año, el	*the year*
(23)	apagar	*to turn off*
(87)	aparcar	*to park*
(86)	apartamento, el	*the apartment, flat*
(60)	apartar(se)	*to get out of the way*
(37)	aplaudir	*to applaud, to clap*
(122)	aprender	*to learn*
(48)	aprovechar	*to take advantage of,*
		to make god use of
(37)	árbol, el	*the tree*
(79)	arena, la	*the sand*
(24)	argumento, el	*reasoning*
(29)	armario, el	*the wardrobe*
(122)	armonía, la	*harmony*
(38)	arriba	*up, upwards*
(8)	arroz, el	*rice*
(38)	artista, el, la	*artist, performer*
(38)	ascender	*to go up, to climb*
(104)	asesinar	*to kill, to murder*
(104)	asesino/a, el, la	*the killer, the murderer*
(123)	asombrado/a	*surprised, amazed,*
		astonished
(117)	asombro, el	*surprise, amazement,*
		astonishment
(9)	aspecto, el	*look, appearance*
(42)	aspirina, la	*the aspirin*
(30)	asustado/a	*frightened, scared*
(79)	ateo/a, el, la	*atheist, non-believer*
(60)	atracar	*to rob, to hold up*
(59)	atraco, el	*robbery, hold-up*
(24)	atravesar	*to cross, to go across*
(38)	atreverse	*to dare*
(92)	aumentar	*to increase, to make*
		something more
(54)	autobús, el	*the bus*
(67)	aval, el	*endorsement, guarantee*
(38)	avergonzado/a	*ashamed*
(123)	avión, el	*the aeroplane*
(38)	avisar	*to call, to notify*
(9)	ayer	*yesterday*
(24)	ayudar	*to help*
(54)	bailar	*to dance*
(37)	bajar	*to come down, to climb*
		down, to descend
(48)	bajo/a	*short*
(55)	banco, el	*park bench*
(86)	bandeja, la	*the tray*

Los números entre paréntesis indican la página en que cada palabra aparece por primera vez.

(104)	bar, el	the bar
(97)	barato/a	cheap
(78)	barbacoa, la	the barbecue
(30)	barca, la	the (small) boat
(16)	barrio, el	the neighbourhood
(55)	bastante	quite
(8)	beber	to drink
(128)	belleza, la	beauty
(38)	bengala, la	the firework, the firecracker, the banger
(128)	besar(se)	to kiss
(48)	beso, el	the kiss
(7)	bienvenido/a	welcome
(55)	bigote, el	the moustache
(117)	blando/a	soft
(55)	boca, la	the mouth
(86)	boina, la	the beret
(117)	bola, la	the ball
(59)	bolsa, la	the (shopping) bag
(80)	bonito/a	pretty
(105)	borrar	to wipe off/away, to clean up
(98)	borroso/a	blurred
(110)	bosque, el	the woods
(37)	bota, la	the boot
(8)	botella, la	the bottle
(117)	brazo, el	the arm
(110)	brillar	to shine
(38)	broma, la	the (practical) joke
(38)	burlar(se)	to make fun of
(16)	buscar	to look for
(9)	caballero, el	the gentleman
(123)	cabaña, la	the hut
(16)	cabeza, la	the head
(38)	caer	to fall
(43)	café, el	the coffee
(16)	cafetería, la	the cafeteria
(48)	caja, la	the box
(98)	calidad, la	the quality
(16)	calle, la	the street
(30)	calor, el	the heat
(30)	cama, la	the bed
(7)	camarero/a, el, la	the waiter, the waitress
(16)	caminar	to walk
(110)	camino, el	the road, the path
(30)	camión, el	the lorry
(86)	camisa, la	the shirt
(68)	campana, la	the bell
(30)	campo, el	the country, the countryside
(29)	canción, la	the song
(17)	canino/a	canine
(123)	canoa, la	the canoe
(23)	cansado/a	tired

(42)	cantante, el, la	the singer
(42)	cantar	to sing
(72)	caña, la	the fishing rod
(122)	capital, la	the capital city
(38)	cara, la	the face
(9)	caramba	damn it!
(30)	cariñoso/a	loving, affectionate
(9)	carne, la	the meat
(24)	caro/a	expensive
(123)	carretera, la	the road, the highway
(8)	carta, la	the menu
(9)	cartera, la	the wallet
(48)	cartón, el	cardboard
(8)	casa, la	the house
(54)	casado/a	married
(49)	casualidad, la	the coincidence
(42)	celebrar	to celebrate
(109)	cementerio, el	the cemetery
(123)	cemento, el	the concrete
(23)	cena, la	the dinner
(24)	cenar	to dine, to have dinner
(42)	centro, el	the (town/city) centre
(117)	cerebro, el	the brain
(42)	cerrado/a	closed
(29)	cerrar	to close
(86)	cerveza, la	the beer
(17)	chaqueta, la	the jacket
(85)	charlar	to chat
(24)	chico/a, el, la	the boy, the girl
(38)	chimpancé, el	the chimpanzee
(38)	chorro, el	the spurt, the stream
(128)	ciego/a	blind
(68)	cielo, el	the sky
(55)	cine, el	the cinema
(38)	circo, el	the circus
(55)	citar(se)	to arrange to meet somebody
(61)	ciudad, la	the city
(67)	claro/a	clear
(37)	clase, la	the class
(55)	clavel, el	the carnation
(29)	cliente, el, la	the customer
(54)	club, el	the club
(72)	cobarde	coward
(24)	coche, el	the car
(30)	cocina, la	the kitchen
(37)	coger	to pick up
(87)	cogido/a	holding, gripping (hands)
(55)	coincidir	to coincide
(30)	cola, la	the tail
(49)	colega, el, la	the friend, the colleague
(37)	colegio, el	the school
(30)	collar, el	the (dog) collar
(48)	colocar	to place, to put

(86)	colonia, la	eau de cologne
(17)	color, el	the colour
(67)	comedor, el	the dining room
(128)	comentar	to comment, to make a comment, to remark
(7)	comer	to eat
(9)	comida, la	the food
(60)	comisaría, la	the police station
(104)	comisario/a, el, la	the police superintendent
(29)	cómodo/a	comfortable
(37)	compañero/a, el, la	the class-mate, the companion
(16)	compañía, la	the company
(123)	completamente	completely
(16)	comprar	to buy
(78)	comprender	to understand
(123)	comunicar	to communicate
(42)	concursante, el, la	the contestant, the participant (in a game show)
(42)	concurso, el	the game show, the quiz show, the competition
(78)	conejo, el	the rabbit
(92)	confianza, la	confidence
(16)	conocer	to know
(67)	conseguir	to get, to obtain
(79)	conservador/ra	conservative
(127)	contar	to tell (a story, a joke)
(68)	contento/a	content, happy
(55)	contestación, la	the answer, the reply
(92)	contestador, el	the answering machine
(23)	contestar	to answer, to reply
(42)	continuar	to continue, to carry on
(79)	conversación, la	the conversation
(24)	conversar	to converse, to talk
(106)	copia, la	the copy
(48)	corbata, la	the tie, the necktie
(37)	correr	to run
(48)	corto/a	short
(127)	cortina, la	the curtain
(24)	cosa, la	the thing
(92)	costa, la	the coast
(48)	creer	to believe
(104)	crimen, el	the crime
(9)	crudo/a	raw, uncooked
(55)	cruzar	to cross, to go across
(104)	cuaderno, el	the notebook
(68)	cuadro, el	the picture, the painting
(7)	cuanto/a	how much, how many
(86)	cuarto de baño, el	the bathroom
(38)	cubierto/a	covered
(110)	cubo, el	the bucket
(128)	cuello, el	the neck
(9)	cuenta, la	the bill
(110)	cuerda, la	the rope

(72)	cuidado	care, carefully
(79)	cuidar	to look after
(67)	culpa, la	the blame
(122)	cultura, la	culture
(42)	cumpleaños, el	the birthday
(30)	curiosidad, la	curiosity, interest
(16)	dar	to give
(104)	dato, el	the fact
(68)	de repente	suddenly
(30)	deber de	(here) it must be
(54)	decepcionado/a	disappointed
(30)	decidido/a	determined
(16)	decir	to say
(30)	decorado/a	decorated
(37)	dejar	to leave
(38)	delgado/a	slim
(16)	demasiado/a	too (much)
(49)	departamento, el	department
(98)	dependiente/a, el, la	shop assistant
(38)	deporte, el	sport
(86)	depresivo/a	depressive
(67)	derecho, el	the right (human, civil, moral)
(23)	derecho/a	right (opposite of left)
(16)	desaparecer	to disappear
(8)	desastre, el	the disaster
(16)	desayunar	to have breakfast
(128)	describir	to describe
(7)	desear	to desire, to want
(68)	desesperado/a	desperate
(86)	desgraciado/a	unfortunate
(38)	desmayarse	to faint
(123)	desnudo/a	naked
(86)	desorden, el	mess, untidiness
(16)	despacio	slow(ly)
(23)	despedir(se)	to say goodbye
(30)	despertar(se)	to wake up
(86)	detalle, el	the detail
(60)	detener	to arrest
(106)	detenido/a	arrested
(67)	deuda, la	the debt
(106)	devolver	to give back, to pay back
(7)	día, el	the day
(16)	diario, el	the daily newspaper
(79)	diferencia, la	the difference
(122)	diferente	different
(110)	difícil	difficult
(16)	dificultad	difficulty
(24)	dinero, el	the money
(123)	dios, el	the god
(24)	dirección, la	the address
(24)	director/ra, el, la	the director, the manager
(54)	discoteca, la	the discotheque
(43)	discutir	to discuss, to argue

(49)	diseño, el	design
(78)	disgusto, el	the upset,
(92)	disimular	to hide, to disguise (a feeling)
(127)	distraer	to take (somebody's) attention (away from something)
(86)	divertido/a	funny, amusing
(54)	divorciado/a	divorced
(86)	divorcio, el	divorce
(60)	docena, la	the dozen
(106)	documento, el	the document
(42)	doler	to hurt
(42)	dolor, el	the pain
(86)	doloroso/a	painful
(29)	dormir	to sleep
(85)	duda, la	the doubt
(30)	dueño/a, el, la	the owner
(110)	durante	for (two hours, a period of time)
(9)	duro/a	stale (bread), hard
(37)	echar(se)	to throw
(55)	economía, la	the financial state
(55)	edad, la	the age
(24)	edificio, el	the building
(72)	efectivamente	effectively, sure enough
(67)	egoísta, el, la	selfish person
(79)	electrodoméstico, el	electrical gadget
(30)	elegantemente	elegantly
(122)	elegir	to choose
(128)	emoción, la	the emotion
(38)	empezar	to start, to begin
(98)	empujar	to push
(48)	enamorado/a	in love
(72)	encantar(se)	to love, to be delighted (with something)
(38)	encender	to light
(16)	encontrar(se)	to find
(85)	encuentro, el	the meeting
(72)	energía, la	energy, (here) energetically
(97)	enfermedad, la	the illness
(24)	enfermero/a, el, la	the nurse
(23)	enfermo/a, el, la	the patient, sick person
(79)	enfrente	in front of, outside
(85)	enigmático/a	enigmatic, mysterious
(37)	enorme	enormous
(8)	ensalada, la	the salad
(42)	entender	to understand
(104)	enterrado/a	buried
(80)	enterrar	to bury
(49)	entonces	then
(79)	entrada, la	the entrance
(29)	entrar	to enter, to go in
(117)	entrevista, la	the interview

(24)	envejecer	to get old, to grow old, to age
(60)	enviar	to send
(110)	época, la	the season, the time of year
(55)	equivocar(se)	to make a mistake, to be wrong
(37)	escalera, la	the stairs, the steps
(60)	escapar(se)	to escape, to run away
(110)	escopeta, la	the shotgun
(55)	escribir	to write
(122)	escritor/ra, el, la	the writer, the author
(42)	escuchar	to listen to
(109)	escuela, la	the school
(79)	espacio, el	space
(9)	especial	special
(117)	especie, la	a sort of
(86)	espejo, el	the mirror
(42)	esperar	to wait
(85)	esquiar	to ski
(128)	estanque, el	the pond
(7)	estar	to be
(59)	estrecho/a	narrow
(37)	estudiante, el, la	the student
(8)	estupendo/a	stupendous, great
(68)	eufórico/a	euphoric
(9)	excelente	excellent
(80)	excitado/a	nervy, on edge
(79)	exclamar	to exclaim, to cry out
(48)	existir	to exist
(55)	éxito, el	success
(127)	exterior, el	the outside
(49)	extranjero/a	the foreigner
(72)	extrañado/a	(being) surprised, wondering at something
(80)	extraño/a	strange
(17)	extraordinario/a	extraordinary
(127)	extremadamente	extremely
(86)	falda, la	the skirt
(30)	familia, la	the family
(110)	fantasma, el	the ghost
(42)	farmacéutico/a, el, la	the pharmacist, the (dispensing) chemist
(42)	farmacia, la	the pharmacy, the chemist's
(9)	fatal	dreadful, awful
(68)	favor, el	the favour
(68)	felicitar	to congratulate
(30)	feliz	happy
(55)	feo/a	ugly
(29)	fiesta, la	the (Christmas) holiday
(117)	figura, la	the figure
(49)	fijo/a	(here) a job with an indefinite contract
(122)	fin, el	the end

(17)	firma, la	*the signature*
(67)	firmar	*to sign*
(59)	fisonomista, el, la	*person who can distinguish people by their facial features*
(68)	flor, la	*the flower*
(79)	fondo, el	*(at) the end*
(105)	forma, la	*the way (of doing something)*
(24)	formulario, el	*the form*
(106)	fortuna, la	*the fortune*
(17)	foto, la (fotografía)	*the photo (photograph)*
(85)	frío, el	*the cold (weather)*
(8)	frío/a	*cold*
(8)	frito/a	*fried*
(110)	fruta, la	*fruit*
(17)	frutería, la	*the fruitier's, the fruit shop*
(38)	fuego, el	*the fire*
(128)	fuente, la	*the fountain*
(30)	fuera	*outside*
(16)	fuerte	*strong*
(87)	fuerza, la	*strength*
(67)	furioso/a	*furious, angry*
(109)	futuro, el	*the future*
(37)	gafas, las	*the glasses*
(42)	ganar	*to win*
(42)	garaje, el	*the garage*
(8)	gas, el	*gas*
(38)	gastar	*to spend*
(38)	gato/a, el, la	*the cat*
(16)	gente, la	*the people*
(128)	geranio, el	*the geranium*
(105)	gesticular	*to gesticulate*
(16)	gesto, el	*the gesture*
(29)	gigantesco/a	*gigantic*
(38)	gimnasia, la	*gymnastics*
(37)	golpe, el	*the hit, thump*
(37)	golpear	*to hit, to thump*
(37)	gordo/a	*fat, chubby*
(7)	gracias, las	*thanks*
(98)	graduado/a	*graduated*
(29)	grande	*big*
(38)	gritar	*to shout*
(30)	grito, el	*the shout, the cry*
(9)	grosero/a	*coarse, rough, uncouth*
(104)	grueso/a	*thick*
(24)	grupo, el	*the group*
(55)	guapo/a	*good-looking, handsome, attractive*
(42)	guardia, la	*duty (chemist's)*
(128)	guitarra, la	*the guitar*
(9)	gustar	*to like*
(8)	haber	*infinitive form of 'there is/are' (hay)*
(30)	habitación, la	*the bedroom*
(23)	hablar	*to speak*
(16)	hacer	*to do, to make*
(104)	hacha, el	*the axe*
(104)	herida, la	*the wound, the injury*
(67)	hermano/a, el, la	*the brother, the sister*
(79)	hermoso/a	*beautiful*
(110)	hierba, la	*the herb*
(24)	hijo/a, el, la	*the son, the daughter*
(67)	hipotecar	*to mortgage*
(72)	historia, la	*the story*
(123)	hoja, la	*the leaf*
(8)	hombre, el	*the man*
(7)	hora, la	*the time (of day)*
(24)	hospital, el	*the hospital*
(9)	hotel, el	*the hotel*
(9)	hoy	*today*
(104)	hoyo, el	*the hole*
(104)	huella, la	*the marks, the footprints, the fingerprints*
(37)	humano/a	*human*
(38)	humo, el	*the smoke*
(80)	idea, la	*the idea*
(79)	idéntico/a	*identical*
(55)	iglesia, la	*the church*
(42)	igual	*the same, equal*
(122)	ilustrar	*to illustrate, to show, to describe*
(86)	imagen, la	*the image, the picture*
(128)	imaginación, la	*the imagination*
(128)	imaginar	*to imagine*
(9)	imbécil	*idiot, imbecile*
(9)	importancia, la	*the importance*
(79)	importante	*important*
(92)	importar	*to matter, to be important*
(38)	imposible	*impossible*
(86)	imprenta	*printers', printing works*
(123)	impresión, la	*the impression*
(123)	impresionante	*impressive, striking*
(72)	inclinar(se)	*to lean, to bend (over)*
(54)	incluso	*even*
(109)	incómodo/a	*uncomfortable*
(97)	inconveniente, el	*the drawback*
(117)	increíble	*incredible*
(30)	indeciso/a	*undecided, unable to make up one's mind*
(122)	indígena, el, la	*the indigenous person, the native*
(123)	ingeniero/a, el, la	*the engineer*
(38)	inmigrante, el, la	*the immigrant*
(110)	insistir	*to insist*
(38)	insoportable	*unbearable*
(104)	inspector/a, el, la	*the inspector*
(110)	instante, el	*the instant, the moment*

143

(68)	insulto, el	the insult		(30)	llave, la	the key
(16)	inteligente	intelligent		(38)	llegar	to arrive
(30)	intenso/a	intense		(24)	llenar	to fill
(68)	interés, el	the interest		(29)	lleno/a	full
(55)	interesante	interesting		(9)	llevar	to carry, to have (about one's person)
(104)	interior	inside				
(16)	intranquilo/a	restless		(128)	llevar(se)	to take away
(106)	inventar	to invent		(37)	llorar	to cry
(24)	invierno, el	the winter		(79)	loco/a	mad, crazy
(92)	invitar	to invite		(72)	lubina, la	the seabass
(16)	ir	to go		(29)	lugar, el	the place
(78)	irónico/a	ironic		(79)	lujoso/a	luxurious
(55)	izquierdo/a	left (opposite of right)		(30)	luz, la	the light
(29)	jabón, el	the soap		(98)	machista	male chauvinist
(24)	jardín, el	the garden		(38)	madera, la	the wood
(79)	jardinero/ra, el, la	the gardener		(23)	madre, la	the mother
(78)	jaula, la	the cage		(110)	mágico/a	magical
(30)	jazmín, el	the jasmine		(72)	magnífico/a	magnificent
(78)	jefe/a, el, la	the boss		(67)	malo/a	bad
(48)	jersey, el	the sweater, the jersey, the pullover		(30)	manifestar	to show
				(16)	mano, la	the hand
(37)	joven, el, la	the youth, the young person		(48)	manta, la	the blanket
				(29)	mañana, la	the morning
(109)	jubilado/a	the pensioner, the retired person		(73)	máquina, la	the (washing) machine
				(72)	mar, el	the sea
(24)	jugar	to play		(9)	maravilloso/a	marvellous
(54)	junto/a	together		(29)	marca, la	the brand, the make
(106)	justicia, la	justice		(24)	marido, el	the husband
(37)	lado, el	the side (here: beside)		(104)	matar	to kill, to murder
(98)	lana, la	the wool		(86)	matrimonio, el	the marriage
(16)	largo/a	long		(16)	mayor	old, elderly
(86)	lata, la	the tin, the can		(59)	media, la	the stocking
(72)	lavar	to wash		(97)	médico/a, el, la	the doctor
(110)	leche, la	the milk		(48)	mejilla, la	the cheek
(24)	leer	to read		(86)	mejor	better
(60)	lejos	far		(68)	melancolía, la	gloominess, melancholy
(123)	lengua, la	the language, the tongue		(87)	melancólico/a	gloomy, melancholic
(8)	lenguado, el	the sole		(16)	memoria, la	the memory
(30)	lentamente	slowly		(30)	menear	to wag (the tail)
(110)	leña, la	the firewood		(86)	mensaje, el	the message
(16)	levantar(se)	to get up		(7)	mesa, la	the table
(67)	ley, la	the law		(117)	metal, el	the metal
(68)	librería, la	the bookshelf		(59)	meter	to put (something) (inside)
(86)	libro, el	the book		(30)	miedo, el	the fear
(38)	líder, el, la	the leader, the ringleader (of a gang)		(122)	milenio, el	the millennium
				(37)	militar,	military
(72)	ligero/a	light		(42)	millón, el	the million
(127)	limonero, el	the lemon tree		(29)	minuto, el	the minute
(86)	limpiar	to clean		(16)	mirada, la	the look
(24)	limpio/a	clean		(16)	mirar	to look
(72)	listo/a	clever, smart		(128)	mismo/a	the same
(38)	llama, la	the flame		(38)	mochila, la	the rucksack, the backpack
(91)	llamada, la	the (phone) call		(98)	modelo, el, la	the model (fashion)
(17)	llamar	to call		(24)	moderno/a	modern

144

(59)	momento, el	the moment
(30)	mono/a	cute
(109)	montaña, la	the mountain
(38)	montón, el	the pile
(98)	montura, la	the (spectacle) frame
(72)	morir	to die
(17)	mostrar	to show
(30)	motor, el	the motor, the engine
(30)	mover	to move
(37)	muchacho/a, el, la	the boy, the girl
(86)	mucho/a	a lot, lots
(29)	mueble, el	furniture
(104)	muerte, la	death
(79)	muerto/a	dead
(29)	mujer, la	the woman
(86)	mundo, el	the world
(42)	música, la	music
(55)	nacer	to be born
(49)	nadie	nobody, no-one
(72)	naranja, la	the orange
(72)	naranjo, el	the orange tree
(24)	natural	natural
(122)	naturaleza, la	nature
(97)	naturalmente	naturally
(86)	navegar	to navigate, to surf (on the internet)
(97)	necesidad, la	the need
(9)	necesitar	to need
(55)	negocio, el	the business
(49)	nervioso/a	nervous
(85)	nevar	to snow
(92)	nevera, la	the fridge
(85)	nieve, la	the snow
(30)	niño/a, el, la	the boy, the girl
(29)	noche, la	the night
(7)	nombre, el	the name
(97)	normal	normal
(123)	nota, la	the note
(86)	notar	to notice
(106)	noticia, la	the news item
(68)	nube, la	the cloud
(72)	nuevo/a	new
(38)	numeroso/a	numerous, lots of
(97)	ocurrir	to happen, to occur
(97)	odio, el	hate, hatred
(49)	oficina, la	the office
(30)	oír	to hear
(30)	ojo, el	the eye
(29)	oler	to smell
(30)	olor, el	the smell
(42)	olvidar(se)	to forget
(127)	operación, la	the operation
(127)	operar	to operate (on)
(16)	opinión, la	the opinion
(98)	óptica, la	the optician's
(23)	ordenador, el	the computer
(110)	ordeñar	to milk
(79)	original	original
(30)	oscuridad, la	the darkness
(16)	oscuro/a	dark
(127)	paciente, el, la	the patient
(123)	pacífico/a	peaceful, pacific
(23)	padre, el	the father
(9)	pagar	to pay
(24)	página, la	the page
(128)	paisaje, el	the landscape
(123)	pájaro, el	the bird
(110)	palabra, la	the word
(123)	palma, la	the palm (tree)
(128)	palomo/a, el, la	the dove, the pigeon
(8)	pan, el	the bread
(17)	panadería, la	the baker's, the bread shop
(17)	pantalón, el	the trousers
(38)	pañuelo, el	the handkerchief
(24)	papel, el	the piece of paper
(29)	paquete, el	the parcel, the package
(86)	par, el	a couple (of things)
(123)	paraíso, el	paradise
(30)	parar	to stop
(30)	parecer (se)	to look like, to seem like
(55)	parecido/a	alike, similar,
(30)	pared, la	the wall
(54)	pareja, la	the partner
(17)	parque, el	the park
(110)	parte, la	the part (of a body, an animal)
(86)	participar	to participate, to take part in
(104)	pasar	to spend (time)
(16)	pasear	to go for a walk or a stroll
(37)	pasillo, el	the corridor
(30)	paso, el	the footsteps
(8)	patata, la	the potato
(38)	patio, el	the playground, the school yard
(72)	pecho, el	the chest
(42)	pedir	to ask for
(16)	pelo, el	the hair
(128)	pelota, la	the ball
(16)	peluquería, la	the hairdresser's, the barbershop
(16)	peluquero/ra, el, la	the hairdresser, the barber
(117)	pensamiento, el	the thought
(16)	pensar	to think
(24)	pensión, la	the pension
(23)	pequeño/a	small, little
(54)	perder	to lose
(110)	perdiz, la	the partridge

(8)	perdonar	*to forgive, to pardon*
(104)	perfecto	*perfect*
(60)	perfil, el	*the profile*
(24)	periódico, el	*the newspaper*
(122)	periodista, el, la	*the journalist*
(16)	perro/a, el, la	*the dog*
(7)	persona, la	*the person*
(85)	personalmente	*personally*
(8)	pescado, el	*the fish*
(72)	pescar	*to fish*
(8)	pésimo/a	*terrible, dreadful, awful*
(128)	petirrojo, el	*the robin, robin redbreast*
(72)	pez, el	*the fish*
(72)	picar	*to get a bite (in fishing)*
(109)	piedra, la	*the stone*
(48)	piel, la	*the skin*
(23)	pierna, la	*the leg*
(86)	pijama, el	*the pyjamas*
(30)	pino, el	*the pine, pinewood*
(128)	pintar	*to paint*
(128)	pintor/a, el, la	*the painter*
(24)	piso, el	*the flat*
(59)	pistola, la	*the pistol*
(86)	planchado/a	*ironed*
(116)	planeta, el	*the planet*
(29)	planta, la	*the (third) floor*
(79)	plantar	*to plant*
(59)	plástico, el	*plastic*
(9)	plato, el	*the dish, the course (in a restaurant)*
(16)	playa, la	*the beach*
(55)	plaza, la	*the square (in a village or town)*
(122)	poblado, el	*the small village*
(72)	pobre	*poor*
(23)	poder	*to be able (to)*
(73)	poder, el	*power*
(16)	policía, la	*the police*
(92)	pollo, el	*the chicken*
(80)	poner	*to put (something) (inside)*
(42)	popular	*popular*
(38)	potente	*strong*
(68)	precioso/a	*gorgeous*
(48)	precisión, la	*precision*
(117)	pregunta, la	*the question*
(67)	preguntar	*to ask*
(42)	premio, el	*the prize*
(16)	preocupado/a	*worried*
(79)	preparar	*to prepare, to get ready*
(42)	presentador/ra, el, la	*the presenter*
(68)	prestar	*to lend, to loan*
(24)	primavera, la	*the spring*
(8)	primero/a	*the first (course in a restaurant)*
(122)	primitivo/a	*primitive*
(29)	principal	*principal, main*
(98)	probador, el	*the changing room (in a clothes shop)*
(9)	problema, el	*the problem*
(116)	producir	*to produce*
(38)	profesor/a, el, la	*the teacher*
(38)	profundamente	*deeply*
(104)	profundidad, la	*the depths*
(55)	profundo/a	*deep*
(42)	programa, el	*the programme*
(86)	propio/a	*of one's own*
(92)	protestar	*to protest, to complain*
(7)	provecho (buen provecho), el	*bon apetit*
(42)	próximo/a	*the next*
(122)	publicar	*to publish*
(30)	pueblo, el	*the village*
(24)	puerta, la	*the door*
(123)	puerto, el	*the port*
(117)	pulpo, el	*the octopus*
(30)	quedar(se)	*to stay (with)*
(104)	quemado/a	*burnt*
(24)	querer	*to want*
(30)	quieto/a	*still*
(16)	quiosco, el	*the newsagent's stand, the press kiosk*
(16)	quiosquero/a, el, la	*the newsagent, the kiosk owner*
(67)	rabia, la	*anger*
(128)	radio, la	*the radio*
(49)	rápido/a	*fast, quickly, immediately*
(54)	raro/a	*strange, odd*
(30)	rato, el	*(for a) while, a short period of time*
(97)	rebajas, las	*the sales*
(55)	recibir	*to receive*
(59)	recoger	*to pick up*
(123)	recomendar	*to recommend*
(55)	reconocer	*to recognise*
(30)	recordar	*to remember, to recall*
(24)	recuerdo, el	*the memory*
(29)	regalo, el	*the present*
(92)	regresar	*to return, to come/go back*
(37)	reír(se)	*to laugh*
(48)	relación, la	*the relationship*
(24)	rellenar	*to fill in (a form)*
(55)	reloj, el	*the watch*
(122)	reportaje, el	*the (newspaper) report*
(7)	reservar	*to book*
(23)	residencia, la	*the old people's home*
(104)	responder	*to reply*
(86)	resto, el	*the remains, the leftovers*
(98)	resultado, el	*the result*

(72)	rico/a	*rich*		(86)	sociable	*sociable*
(16)	rincón, el	*the corner*		(68)	sofá, el	*the sofa*
(37)	río, el	*the river*		(16)	sol, el	*the sun*
(^?)	risa, la	*the laugh*		(24)	solicitud, la	*the application*
(106)	robar	*to steal (something),*		(16)	solo/a	*alone*
		to rob (a victim)		(55)	soltero/ra, el, la	*the unmarried man, woman*
(38)	rodeado/a	*surrounded*		(24)	solución, la	*the solution*
(38)	ropa, la	*clothes*		(68)	solucionar	*to solve*
(30)	rosa, la	*the rose*		(37)	sonar	*to go off (bell, alarm)*
(128)	rosal, el	*the rosebush*		(123)	sonido, el	*the sound*
(9)	roto/a	*broken, cracked*		(55)	sonreír	*to smile*
(48)	rubio/a	*blonde*		(78)	sonrisa, la	*the smile*
(30)	ruido, el	*the noise*		(23)	sopa, la	*the soup*
(109)	ruina	*ruin*		(110)	soplar	*to blow*
(16)	saber	*to know*		(17)	sorprendido/a	*surprised*
(24)	sacar	*to take (something) out*		(104)	sospechar	*to suspect*
		(of somewhere)		(30)	suavemente	*gently*
(86)	sala de estar, la	*the living room*		(37)	subir	*to go up, to climb*
(29)	sala, la	*the (large) room*		(9)	sucio/a	*dirty*
(23)	salida, la	*the exit*		(29)	suelo, el	*the bottom (of a cupboard,*
(29)	salir	*to go out*				*a wardrobe), the floor*
(38)	saltar	*to jump*		(73)	sueño, el	*the dream*
(30)	salto, el	*the jump*		(87)	suerte, la	*the luck*
(16)	saludar	*to greet, to say hello*		(92)	supermercado, el	*the supermarket*
(110)	sanado/a	*cured, better*		(92)	suponer	*to suppose*
(110)	sanar	*to cure, to get better*		(68)	tacaño/a	*mean, stingy*
(60)	sargento, el, la	*the sergeant*		(24)	tarde	*later*
(98)	sección, la	*the section, the department*		(92)	tarde, la	*the afternoon, the evening*
(38)	segundo, el	*the second*		(9)	taxi, el	*the taxi*
(8)	segundo/a	*the second course*		(38)	techo, el	*the ceiling*
(24)	seguro/a	*sure, for sure*		(110)	temblar	*to shake, to tremble*
(122)	selva, la	*the rainforest, the jungle*		(24)	temperatura, la	*the temperature*
(24)	semana, la	*the week*		(92)	temprano	*early*
(24)	sentado/a	*seated, sitting*		(92)	tener ganas	*to want to do something*
(55)	sentar(se)	*to sit down, to take a seat*		(8)	tener	*to have*
(30)	sentir	*to feel, to smell*		(29)	tercero/a	*third*
(7)	señor/ra, el, la	*sir, madam*		(127)	terraza, la	*the terrace*
(55)	separado/a	*separated*		(104)	tesoro, el	*the treasure*
(16)	ser	*to be*		(17)	texto, el	*the text*
(117)	ser, el	*the being, creature*		(16)	tiempo, el	*the weather*
(122)	serie, la	*the series*		(123)	tienda de	*the tent*
(98)	serio/a	*seriously*			campaña, la	
(24)	servir	*to be (no) good*		(79)	tienda, la	*the shop*
(110)	seta, la	*the mushroom*		(117)	tierra, la	*the earth*
(80)	siguiente	*the next, the following*		(37)	timbre, el	*the bell, the doorbell*
(38)	silencio, el	*the silence*		(86)	tímido/a	*shy, timid*
(128)	silla, la	*the chair*		(49)	tío/a, el, la	*the uncle, the aunt*
(68)	sillón, el	*the armchair*		(86)	típico/a	*typical*
(24)	simpático/a	*friendly*		(54)	tipo, el	*type, kind, sort*
(67)	sinvergüenza	*shameless, cheeky person*		(128)	tirar	*to throw*
(38)	sirena, la	*the siren*		(79)	tocar	*to ring (a doorbell)*
(17)	sitio, el	*the place*		(9)	tomar	*to drink, to take*
(122)	situación, la	*the situation*		(105)	tormenta, la	*the storm*
(79)	sobrino/a, el, la	*nephew, niece*		(72)	trabajar	*to work*

(24)	trabajo, el	work
(9)	traer	to bring
(24)	tráfico, el	the traffic
(55)	traje, el	the suit
(8)	tranquilo/a	quiet, calm
(117)	transparente	transparent
(38)	trapecio, el	the trapezium
(68)	triste	sad
(37)	tronco, el	the tree-trunk
(110)	ubre, la	the udder
(98)	último/a	the last
(79)	urbanización, la	the housing estate
(104)	usar	to use
(109)	vaca, la	the cow
(104)	vacaciones, las	the holidays
(86)	vacío/a	empty
(72)	valer	to be worth
(110)	valle, el	the valley
(92)	valorar	to rate, to hold in high esteem, to value
(48)	vaqueros, los	jeans
(54)	varios/as	various
(17)	vecino/a, el, la	the neighbour
(110)	vela, la	the candle
(59)	velocidad, la	speed, velocity
(49)	vender	to sell
(8)	venir	to come

(97)	ventaja, la	the advantage
(8)	ventana, la	the window
(30)	ver	to see
(42)	verano, el	the summer
(8)	verdad, la	the truth
(86)	vestido/a	dressed
(110)	veterinario/a, el, la	the vet, veterinary surgeon
(16)	vez, la	the time (occasion)
(54)	viajar	to travel
(68)	viaje, el	the journey, the trip
(97)	vicio, el	the addiction, the bad habit, the vice
(68)	vida, la	life
(127)	vidrio, el	the glass
(24)	viejo/a	the old/elderly man/ woman/person
(110)	viento, el	the wind
(91)	viernes, el	Friday
(80)	vigilar	to watch over, to guard
(8)	vino tinto, el	the red wine
(92)	vino, el	the wine
(104)	violento/a	violent
(29)	visita, la	the visit
(23)	vivir	to live
(110)	volver	to go/come back
(30)	voz, la	the voice
(86)	zapato, el	the shoe

LECTURAS GRADUADAS
DE ESPAÑOL PARA EXTRANJEROS

COLECCIÓN: HISTORIAS BREVES PARA LEER

— Nivel elemental
— Nivel intermedio

COLECCIÓN: LEE Y DISFRUTA

— *Fuera de juego* (nivel elemental)
— *El enigma de Monterrubio* (nivel básico)
— *La banda de París* (nivel medio)
— *La mar en medio* (nivel superior)

COLECCIÓN: CUENTOS, CUENTOS, CUENTOS

— Volumen 1 (nivel intermedio)
— Volumen 2 (nivel avanzado)
— Volumen 3 (nivel superior)